まんげきょういそう
万華鏡位相〜Devil's Scope〜

欧州妖異譚15

篠原美季

講談社X文庫

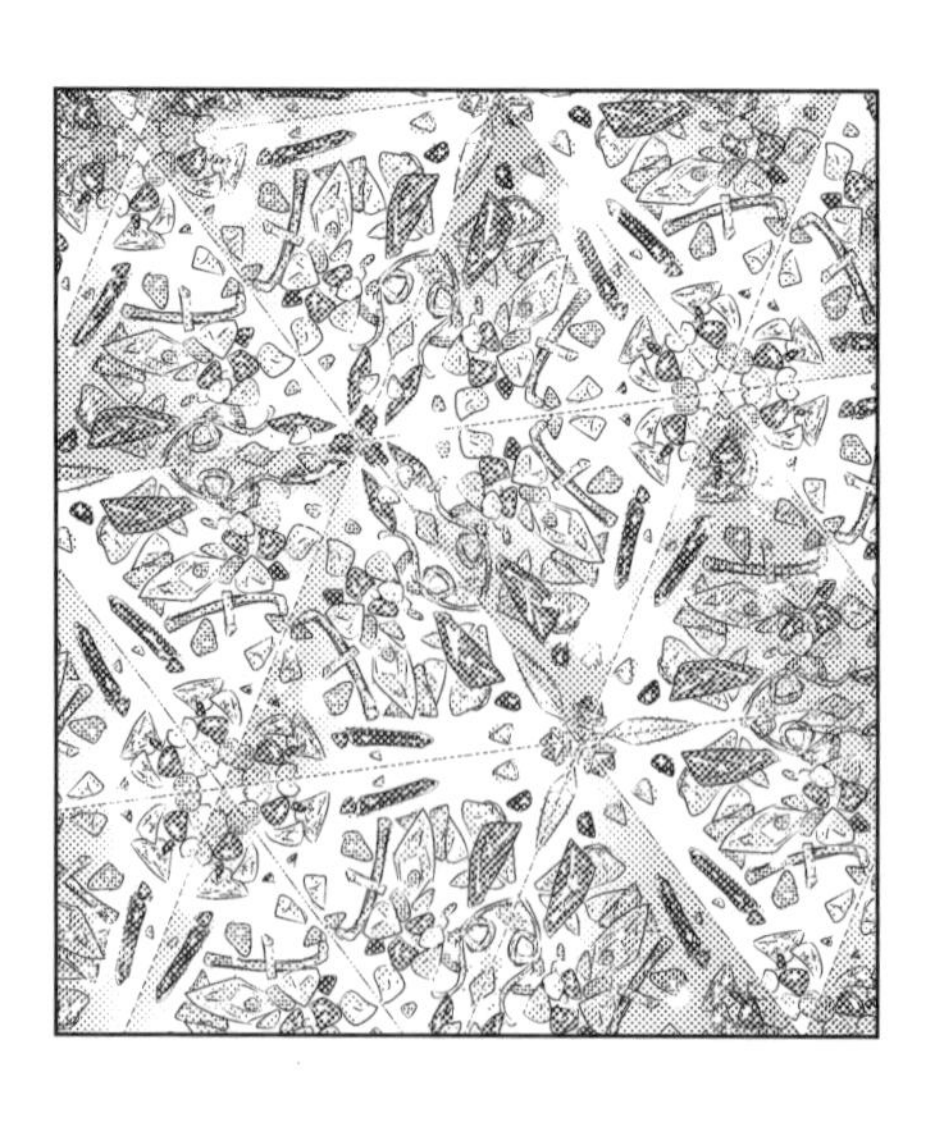

目次

CHARACTERS

ユウリ・フォーダム
イギリス貴族の父、日本人の母の下に生まれる。霊や妖精が見えるなど、不思議な力を持っている。
シモン・ド・ベルジュ
フランス貴族の末裔。実務に優れた美貌の貴公子。ユウリの親友で現在はパリ大学に在学中。

万華鏡位相（まんげきょういそう）～Devil's Scope～

欧州妖異譚15

コリン・アシュレイ
豪商アシュレイ商会の秘蔵っ子。傲岸不遜で博覧強記。特にオカルトには強く興味をひかれている。
アンリ・ド・ベルジュ
シモンの異母弟。ユウリの家に寄宿している。バランス感覚に優れ、苦境を乗り切る強さを持った青年。

イラストレーション／かわい千草

万華鏡位相〜Devil's Scope〜

序章

「きれいねえ」

女が、感嘆の溜め息とともに呟いた。

「何万回と見ていても、飽きないわ」

天蓋付きのベッドの上。

情事の香りを残す部屋には、重厚なカーテンの隙間から午後の陽射しが白々と射し込んでいる。

二十世紀中葉の英国。

大陸では戦争が激化していたが、彼の屋敷には、まだ世間とは違う時間が流れていた。

斜めに届く陽光のほうへ覗き窓のある望遠鏡のようなものを向けた女は、瑞々しい裸体を惜しげもなくさらしたまま、それを手の中でクルクルと回した。そのたびに、中でカタカタと細かなものがぶつかり合う音がする。

女が夢中になって覗き込んでいるのは、万華鏡だ。

胴体部の外周にはアルファベットがランダムにちりばめられ、まるで自転車などに使う数字合わせのダイヤル錠のようになっているのが特徴的であったが、この万華鏡を手にする者は、たいてい、外観などにはまったく目もくれず、覗き窓の向こうに見える別世界の虜（とりこ）となる。

青や緑。

黄色。

赤。

金、銀、銅。

万華鏡が回転するたび、白々とした午後の陽光の中で、色とりどりの硝子（ガラス）や鉱石がさまざまな模様を作り出す。

そこに見えるのは、一つの小宇宙だ。

無限の可能性を秘めた宝石箱。

「こんなにきれいなのに、一度見た模様は二度と見ることができないなんて、なんて虚（むな）しいのかしら……。なんとか、この美しさを永遠に留（とど）めておけたらいいのに」

すると、ベッドに横たわりながら女の滑らかな背に手を滑らせた男が、「美しさを」と告げる。

「永遠に留めようとすることこそ、虚しいことだ。虚栄だよ。美は、刹那的（せつなてき）であればあるほど素晴らしい。――君も」

　と、その時。

　男の言葉に被せるように、万華鏡を覗き込んでいた女が「あ」と小さく声をあげた。

「――何か」

　言いかけた言葉が、途中で消える。

　同時に、女の姿もその場から掻き消えた。

　ふっと。

　まるで、魔法にでもかけられたかのように。

　あるいは、初めから誰も存在していなかったかのように、彼女の姿は見えなくなった。

　だが、間違いなく、たった今までそこに人がいたことは、白いシーツに残された窪みで知れる。

　いなくなった彼女の代わりに、支えを失った万華鏡が、ポトンと窪みの中に落ちた。

　人間消失。

　それは、まったく現実味を欠いた出来事であったが、目の前で見ていた男は、なぜか驚くでもなく、女の背に当てていた手を握り込み、小さく溜め息をついた。

「その時が、来たか――」

　どうやら、このような奇々怪々たる出来事も、男にとっては、十分予測しえたことであったらしい。

　だが、いったい「その時」とは、どの時なのか。

　そして、消えた女性は、どこへ行ってしまったのか。

　それらすべてを知り尽くしているかのように平常心を保ったまま、手を伸ばして万華鏡を拾いあげた男が、アルファベットで埋め尽くされた外周を眺めながら呟く。

「君には悪いが、一度見た模様を、ふたたび目にすることもできるんだ。それが、いつかもわかっている。――ただ、この七文字の謎が解けぬ限り、美しかった君がそれを目にすることは、もはや永遠にないだろう」

第一章　遅れてきたクリスマス・プレゼント

1

二十一世紀のフランス。

十二月に入り、古城の林立するロワール河流域も、どことなく淋(さび)しさのある冬の景色へと変わり始めた。

剝(む)き出(だ)しとなった黄土色の大地。

くすんだ空模様。

葉を落とした木々は、黒くこごった枝を大気のうねる虚空(こくう)へと伸ばしている。

あと一ヵ月もすれば、降り積もった雪が加わり、また違った風景を見せてくれることであろう。

そんな中、数ある古城の中でもひときわ優美で壮麗なことで知られるベルジュ家の城では、クリスマスに向けた準備が、着々と進んでいた。

城の前庭や応接室に飾られたクリスマスツリー。

厨房で大量に作られるクリスマス用の特別な焼き菓子。

また、各人は各人で、互いに贈り合うプレゼント選びで大忙しだ。

「……ね、まだかしら？」

暖炉で火がはぜる暖かい部屋で、パソコンの画面を見つめながら呟いた少女に、隣で一緒に覗き込んでいる少女が答える。

「まだよ、きっと。もう少し」

仲よく並んだ二つの顔は見分けがつかないほど瓜二つで、二人の様子を正面から眺めることのできる人間がいたら、間違いなく、鏡面に映る一人の少女を見ているものと勘違いしただろう。

まばゆい金髪に青い瞳。

砂糖菓子を思わせる甘く愛らしい顔。

「少女」というには少し大人びているが、女性というにはまだあどけなさの残る、まさに思春期真っただ中にありそうな年齢の少女たちは、まるで天使のように美しい。

マリエンヌとシャルロット。

欧州に絶大な勢力を誇るベルジュ・グループの総帥、ギョーム・ド・ベルジュが目に入れても痛くないほど溺愛している自慢の双子であるが、彼女たちは、現在、生まれて初めてのネットオークションに挑戦していて、入札終了時間を目前に、手に汗を握る緊張を強いられている。

「アンリお兄様が言うには、肝心なのはこの時間帯だそうよ」

「ええ。最後の最後に、いわゆる『ぶち込んだ』人が落札できるのだとかって」

「これがオークションハウスでの競売なら、優雅にゆったりと値段交渉した末に納得のいく金額で落札できるのに、ネットオークションは一種の賭けなのね」

「ホント。運任せ。いいのかしら」

「よくないでしょう」

そっくりな声で話す間も、二人の目は画面から片時も離れない。

「あ、ほら、二百ユーロにあがったわよ」

「たしかに、ほとんど動きがなかったのに、この数十分で五十ユーロもあがったわ」

そこで、初めて画面から顔を離し、二人は互いに見つめ合う。

「どうする?」

「どうしましょう?」

「アンリお兄様は、終了間際に倍の値段を出せば、十中八九、落札できるのではないかと言っていたけど」

「でも、そのあとで、三倍のほうが確実だって」

「ただ、それだけのお金を払う価値があるかどうかは慎重に考えたほうがいいとも、言っていたじゃない」

「そうね。ただ相手に競り勝ちたいために、大金を投入しては駄目だって」

「言っていたわね」

　二人が、同じタイミングで画面に出ている写真を見る。

「価値……」

「そう、価値よ」

「これを、私たちがユウリへのクリスマス・プレゼントにしたいと思う価値って、お金に換算すると、いったいいくらくらいなのかしらね？」

「わからない」

「でも、見た瞬間に、これをあげたいって――」

「たしかに、あげたいって思ったわ」

「二人、同時に思ったのよ」

「だから、やっぱりあげましょう」

「そうよ。あげましょう」

「ということは、三倍？」

「三倍ね」

「六百ユーロ」

「……ちょっと、高いかしら？」

　ふと尻込みしたマリエンヌが、シャルロットを見て言う。

「ほら、シモンお兄様が、あまり高いものを贈ると、ユウリが恐縮するからって」

「そうよね」

「なら、やっぱり止める？」

「でも、そう言うお兄様だって、こっそりカシミアの大判マフラーとか用意していて、あれって、実は、当たり前に二千ユーロくらいするものでしょう？」

「お兄様はずるいから、ユウリには絶対に値段がばれないよう、知り合いのデザイナーに頼んで直接工房に作らせたのよ」

「あら、姑息。――でも、それを言ったら、これだって、ユウリには、私たちがいくらで落札したかなんて、わからないわけだし」

「そういえば、そうね」

　そこで、顔を見合わせ、ニッコリと笑い合う。

「それなら、六百ユーロで」

「六百ユーロで」

だが、その時、画面上で、また値段に大きな変動が起きた。

「あ、見て、二百五十ユーロをつけた人がいる」

「あら、ホント。――それに、気づいたら落札時間が」

「嘘（うそ）。きゃあ、どうしましょう。――えっと、六百ユーロね」

「いや、でも、二百五十の三倍となると」

「あ、そうか」

「七百五十ユーロよ」

「それだと、高過ぎない？」

「でも、三倍って……」

「そうだけど、七百五十って……」

「そうよね。――どうする？　六百、七百、七百五十？」

「どうしよう」

「どうしましょう」

「早く」

「そうよね、早くしないと」

「七百でどう？」

「七百！　決まりね」

「決まり。——えい、七百！」

白魚のような指がキーボードの上をたどたどしく動いて数字を打ったあと、すぐさま実行キーが押される。

「やったわ、入札完了」

「どお？」

「どうかしら？」

「どお？」

「まだ、わからない」

「どお？」

「…………」

緊迫の時間が過ぎたあと、ついにその時が来る。

「あ、見て」

「落札した⁉」

「したわ。ほら！」

「やった〜！」

「やったわね、私たち！」

何度も何度も打ち直し、終了時間ぎりぎりに打ち込んだ値段が勝利を呼んだ。見事、ウィナーズ・プライスとなったのだが、手を取り合って喜んだのも束の間、改めて画面を見たマリエンヌが「あら」と頓狂な声をあげる。

「大変」

それから、シャルロットの手を引いて画面のほうへ注意をうながす。

「ねえねえ、見て、シャルロット」

「なに？」

そこで、そっくりの顔で画面を覗き込んだシャルロットが、まるでデジャヴのようにマリエンヌと同じ反応を示した。

「あら、大変」

「――でしょう？」

「そうね」

「どうしましょう」

「ホント、どうしましょう」

それから、顔を見合わせて呟いた。

「――まさか、ゼロが一つ多いなんて」

2

明けて翌年。

新年を迎えたばかりの日本。

世界中の旅行者を魅了してやまない古都京都では、二人の青年が、観光地の喧騒から離れた静謐な茶室で薄茶を振る舞われていた。

茶室といっても、外国人をもてなすために造られた和洋折衷の茶室で、亭主がお茶を点てる畳敷きとなった場所のまわりに漆塗りの見事な板が張られ、向かいに椅子席が設けられている。しかも、亭主と客人の視線が上下しないよう畳敷きの場所が少し下がった造りになっていて、さらに、客人の側からは、亭主越しに、壁に穿った丸窓から見事な日本庭園を覗き見ることができるようになっていた。

茶を点てている亭主は生粋の日本人で、端正な顔立ちの中に日本刀のような鋭さを秘めた青年だ。

名前を幸徳井隆聖といい、平安時代から連綿と続く陰陽道宗家の次代宗主である。

ただ、次代宗主とはいっても、幼い頃から異彩を放ち、日本の陰陽道を語るうえで欠かせない伝説的術者「役小角」の再来と崇められるほど強い霊能力を持つ彼であれば、実質日本トップの霊能者と言っても差し支えないだろう。

そんな彼が密かに自分以上の霊能力を見出し、将来、片腕として望んでいるのが、目の前で薄茶を飲んでいる従兄弟のユウリ・フォーダムだ。

日本人の母親と英国子爵の父親を持つ彼は、日本よりイギリスでの生活が長くなっていて、現在はロンドン大学の学生としてロンドンで暮らしている。

煙るような漆黒の瞳。

黒絹のような髪。

東洋的な顔立ちは、決してずば抜けて整っているわけではなかったが、品よくまとまった様子に好感が持て、また、全体的に控えめで透明感があり、茶器を持つ仕草などからも見て取れるように、存在自体に美しさのにじみ出ている青年だ。

そのユウリを友人としてこよなく愛しているのが、隣で同じように薄茶を口にするフランス貴族の末裔、シモン・ド・ベルジュであったが、こちらは、むしろずば抜けて器量がよく、どこにいても、その存在感が際立つ。

白く輝く金の髪。

南の海のように澄んだ水色の瞳。

寸分の狂いもなく整った顔は、まさに神の起こした奇跡としか言いようがなく、優美で洗練された姿形は、降臨した大天使そのものである。加えて、頭脳明晰で家柄もよく、一度、二度、会ったくらいでは欠点など見つけられないほど完璧（かんぺき）な貴公子である彼は、現在パリ大学の学生で、クリスマスをフランスのロワール地方にあるベルジュ家の城でユウリと一緒に祝ったあと、お正月に合わせて来日していた。

そんな二人の出会いは、イギリス西南部にあるパブリックスクールで、それぞれ海を隔てた別々の大学に通うようになった今も、それまでに培（つちか）ってきた親密さはまったく変わっていない。

黒地に金彩のあるどっしりとした茶器をおろしたシモンが、言う。

「とても美味（おい）しいです」

点てたお茶への賛辞に対し、亭主の隆聖が静かに目礼し、次の動作に入った。それらすべてが端麗で流れるように美しく、茶道が秘める精神的意味合いを匂（にお）わせる。

三人がいるこの場所は、おそらく茶道――中でも特に正座に馴染（なじ）みのない文化圏の人間を招くために設（しつら）えられた場所であるはずだが、さまざまなものを簡略化した中にも、しっかりと茶の湯の精神が生きているのが見事であった。さらに、茶とともに楽しめる日本の伝統文化も、室内のあちらこちらにちりばめられている。

たとえば、亭主の正面、客の右手側の床の間には、松と梅が品よく活（い）けられ、「松竹梅」に足りない竹は、同じ空間を飾る掛け軸に丸い雀（すずめ）とともに描かれていたが、それが一種の謎（なぞ）かけのようにもなっているのが奥深い。

ちなみに、冬に暖を保つために羽根を膨らませる丸い雀の図柄は「福良雀」と呼ばれる縁起物の一つであったが、さらに、竹と一緒に描かれることで一族繁栄という意味合いを帯びる。

他にも、鶏の形をした香炉や和菓子など、みな、新年を寿ぐものばかりだ。

このような贅と粋を尽くした茶室があるのは、京都北部に広大な敷地を持つ幸徳井家の本宅で、政財界の大物たちも密かに通うという噂から、警察組織もめったなことでは手を出さない不可侵の領域を誇っていた。

ユウリに「おじふく」を勧められた隆聖が、自分のために茶を点てながら告げる。

「抹茶が口に合うようなら、うちで使っているものを用意させるので、戻ってからも飲むようにするといい」

「ありがとうございます。正直、本当にありがたいです」

シモンが、社交辞令ではなく答えた。

「なんといっても、日本茶は、今、健康飲料としてヨーロッパでも盛んに飲まれるようになっていて、紅茶を抜く勢いですから」

「そうなんだ?」

ロンドンの家にふつうに煎茶が置いてあるユウリが知らずに訊くと、「うん」と母国語で頷いたシモンが、「ただ」と首を傾げた。

「粉末である抹茶となると、隆聖さんのように上手に淹れられるかどうか――」

懸念を示したシモンに、隆聖が小さく笑って教える。

「作法の煩雑さを省けば、茶を点てること自体はさほど難しいわけではないから、心配しなくていい。要は、茶筅を使い、飲む相手のために丁寧に気持ちを込めて点てること、それに尽きる」

「なるほど」

シモンが、飲み終わった茶器を「拝見」しながら納得していると、横からユウリが訊いた。

「ちなみに、ロワールに茶道具ってあるんだっけ？」

実家を地名で表現できるほど有名な城に住んでいるベルジュ家には、それこそ国宝級の茶器がいくつもあった。

「いや」

少し考えてから、シモンが続ける。

「君も見たことがあると思うけど、たしかに、茶器なら、いくつかロングギャラリーに飾ってある。ただ、さすがに普段使いにするものではないことくらい、この僕でもわかるし、他の道具類に至ってはまったく置いてない」

「だよね」

「でも、これを機に、一式揃えてみるのもいいかもしれないな。――それでもって、ゆくゆくは茶室も」

「――え？」

ユウリが、驚いてシモンを見やる。

「本気じゃないよね？」

「そうだねえ」

シモンが、端然と整えられた幸徳井家の茶室を見ながら悩ましげな表情になる。

もちろん、ベルジュ家の財力をもってすれば、茶室の一つくらい、それこそ、中門から茶室に至る露地や待合を含めた本格的なものを広大な庭に増築することは、さして難しい話ではない。親族郎党が、どちらかといえば日本贔屓であることを思えば、むしろ、歓迎されるくらいだろう。

ただ、シモンが欲しいのは、ただの箱ではなく、今、彼がいる空間そのものであった。

そして、利発なシモンには、これらが一朝一夕にできるものでないことくらい、簡単にわかってしまう。

おそらく、この茶室をそっくりそのまま模倣して造ったとしても、空間の持つ雰囲気まで移築するのは無理だ。それは、どんなにユウリを真似してみたところで、ユウリ本人になれないのと同じで、ユウリという特異な存在は、ユウリの人生そのものが作り出したのであり、ユウリとして生きた時間をなくしてはありえない。

同様に、空間もまた、そうした時間的蓄積をなくしては成り立たないものだった。

「まあ、まずは茶の湯の勉強からだろうね」

諦念を交えてシモンが言うと、心情を察したらしい隆聖が申し出る。

「それなら、当面必要な道具類を揃えて贈呈するので、そこから始めたらいい」

「――いいんですか？」

「ああ。フランスだと、それこそ道具類を探すのに苦労するだろうし、いいモノが手に入るとは限らないからな。入門に適したものを、こちらで適当に見繕って送るよう手配しよう。――それに、こう見えて、いちおうユウリは一通りできるはずだから、わからなければ、その都度訊けばいいし」

とたん、シモンが意外そうにユウリを見た。もちろん、茶室での作法がある程度身についているのはわかっていたが、それはもっぱら飲み食いするほうで、迎えるほうまでできるとは思っていなかったのだ。

「ユウリ、君、お茶を点てられるのかい？」

「え、いや」

ユウリが、慌てて否定する。

「小さい頃にセイラと一緒に習ってはいたけど、ブランクがあり過ぎて、たぶん無理」

「でも、小さい頃に覚えたのなら、それこそ、ちょっと復習すれば、すぐにできるようになるんじゃないかい？」

それに対し、ユウリではなく、隆聖が「そうだな」と答える。

「実際、セイラは、すっかり勘を取り戻していて、そろそろ少人数の席でなら立派に亭主をつとめられるくらいにはなっているぞ」

「――ああ、うん。知っている」

「セイラ」というのはユウリの姉の名前で、最近は、母親と一緒に、頻繁に着物を着てお茶会に出向いたりもしているようだ。今週末も、授業が始まるシモンを一足先にフランスに送り出したあと、二、三日京都の家でのんびりしようとしているユウリに赤ん坊である弟クリスの子守を任せ、二人は有名なお寺の茶室で内々に開かれる初釜の茶会に出席する予定になっている。

そこで、ユウリが、ふと思いついたように訊く。

「そういえば、隆聖、使っていない茶籠か茶箱ってなかったっけ？」

「茶籠ねえ」

仕舞いの作業に取りかかりながら、隆聖が少し考えて応じる。

「たぶん、捜せば、いくつかあるだろう」

それから、ユウリを見て問う。

「もしかして、ハイキングがてら野点でもしようとしているのか？」

「そう。考えてみれば茶室でするよりフランクにできるし、慣れない人でもとっつきやすいと思って」

「慣れない」というのには当然自分も含まれていて、自然の中での野点なら朧な記憶でも楽しめそうだと思ったのだ。ちなみに、「茶籠」あるいは「茶箱」というのは、野点で使う茶道具一式をコンパクトに収めたもののことをいう。「籠」と「箱」の違いは、読んで字のごとく入れ物の違いに過ぎない。

隆聖が、「わかった」と応じる。

「適当なものが見つかったら、それも送ってやる」

それを機に亭主が退出し、あとを追うようにユウリとシモンも茶室を出たところで、シモンが、さりげなくスマートフォンをチェックした。短い時間にもいくつかメールが溜まっていたようで、ザッと目を通すうちに「ふうん」と小さく呟いた。

今日は春のような暖かさで、空気を入れ換えるために開けられた窓からは一月とは思えない陽気の風が吹き込んでいる。軒下で餌をつつく雀の鳴き声が、なんとものんびりと穏やかだ。

外廊下から庭を眺めながら歩いていたユウリが、シモンの呟きを聞き逃さず、振り返って尋ねた。

「もしかして、何かおもしろい報せでもあった？」

「いや、特におもしろくもないけど、妹たちからのメールで、ここ数日、フランスでも温暖な気候が続いたせいで、庭の雪が解けたらしい」

「それなら、もしかして」

ユウリが、漆黒の瞳を楽しそうに輝かせて確認する。

「僕宛のクリスマス・プレゼントが見つかったとか？」

シモンの双子の妹たちは、この一、二年ほど「宝探し」に凝っていて、自分たちで何かを埋めては、「お宝発見」とばかりに掘り返しているのだが、今回のクリスマスでは、ユウリに探してもらうために埋めたプレゼントが、降り積もった雪に隠れて掘り返せなくなるというハプニングがあった。

それが、雪解けとともに出てきたのではないかと推測したユウリに、シモンが答える。

「そのようだね。それで、同じ過ちが繰り返されないよう、また雪が降りだす前に自分たちで掘り出したらしい。――だから、ロンドンに帰る途中、ロワールに寄ってくれと無茶なことを言ってきているんだけど」

スマートフォンで返信内容を打ち込みながらシモンが言うのと、ユウリが答えるのが同時だった。

「そんなことのために、わざわざ――」

「それなら、ぜひ、帰りに寄って受け取り――」

「――え？」

「――あれ？」

互いに正反対の結論を出していることに気づいた二人が、途中で言葉を呑み込む。その状態で見つめ合い、探るように確認し合う。

「……えっと、そうだよね。またロワールに寄るなんて迷惑か」

「いや、迷惑ではないけど、むしろ、またフランスに寄るのは大変ではないかと」

「ううん。僕は全然構わないけど、でも、考えてみれば、シモンはよくても、シモンのお父さんやお母さんは、『またか』と思うに決まっている」

「まさか。絶対に思わないよ。断言できる。君のことは気に入っているし、双子が呼び寄せたこともわかっているはずだから。――それに、言われてみれば、ロワールからならアンリと一緒にヘリでロンドンに帰ればいいわけで、さして無理な話でもない」

「アンリ」というのはシモンの異母弟にあたり、去年の九月にロンドン大学に進学したのを機に、フォーダム邸に居候中である。現在は、クリスマス休暇で里帰りしているが、ユウリの帰国に合わせ、今週末にロンドンへ移動することになっていた。

短い間に考えを変えたらしいシモンが、尋ねる。

「来るとしたら、この週末だね？」

「うん。時差もあるから日曜日に移動するつもりでいたけど、なんなら土曜日の便に切り替えてパリで一泊してもいいし」

シモンが、「あれ、でも」と言う。

「土曜日はお寺のお茶会で、その間、君がクリスの子守をするのではなかったっけ？」

何かのついででチラッと耳にしただけの話をよく覚えているものだが、ユウリが「そうだけど」と答える。

「土曜日なら父がいるので、僕がいなくても大丈夫だし、フランスからイギリスへの移動手段も、日曜の朝一の電車でロワールに向かえば、そのあとロンドンまで帰るのに電車でもいけるんじゃないかな？」

いちおう言い添えてみたが、シモンは聞いていないか、あるいは無言で却下した。

「わかった。ユウリがいいなら、土曜日にパリで落ち合おう」

言いながらスマートフォンを操作し始めたシモンに、ユウリが訊く。

「それなら、もしよければ、その日は、パリでシモンのところに泊めてもらってもいいかな？」

「——え？」

スマートフォンを操作しているシモンが意外そうな声をあげたので、ユウリが、「あ、無理なら」と言いかけるが、それより早く作業をし終えたシモンが、呆れたように答えた。

「当たり前じゃないか。むしろ、うちに泊まらずに、いったいどこに泊まるつもりなんだい？」

「――だよね」

考えてみれば、最近のシモンは、ユウリの家の玄関先に勝手に現れては遠慮なく泊まっていく。もちろん、事前にユウリに連絡はくれているが、それだって断られるとは思っていないし、当然ユウリも断ったりしないことを考えれば、逆もしかりなのだろう。おそらくシモンにしてみれば、ユウリが「パリで一泊」と言った時点で、自分の家に泊まることを想定していたはずだ。

シモンが、スマートフォンを振りながら言う。

「ということで、土曜日の便でファーストクラスをいくつか押さえておいたから、当日、乗れる飛行機に乗るといい」

「……え？」

驚いたユウリが、訊き返す。

「シモン、何を言っているわけ？」

「だから、ファーストクラスをいくつか押さえたから、乗れる飛行機に――」

「それは聞こえた。ただ、なんでシモンが一緒でもないのに飛行機の予約まで。――しかも、ファーストクラスなんて」

「そんなの、我が家の予定でフランスに寄ってもらうからには、うちが渡航チケットを用意するのは当然だよ」

「いや、仮にそうであったとしても、ファーストクラスである必要はまったくないし、それに、聞き間違いかもしれないけど、『いくつか』って言った？」

ユウリが恐る恐る口にしたことに対し、シモンがあっさり答える。

「言ったけど、それはたいして特別なことではなく、単にベルジュ・グループが各航空会社に年間予約しているファーストクラスの枠がいくつかあるので、それを臨機応変に使いこなしているに過ぎないんだ。だから、君は気にせず、メールしておいた便のどれかにチェックインしてくれたらいい」

「――――」

開いた口がふさがらないというのは、まさにこのことである。

かくして、数日後、ユウリは、人生何度目になるかわからない豪華な空の旅でふたたびフランスの地に降り立つことになった。

3

「いらっしゃ～い、ユウリ！」

「会いたかったわ、ユウリ！」

ロワール河流域に建つベルジュ家の城に着くなり、ユウリは、待っていたマリエンヌとシャルロットに両側から飛びつかれた。まるで、十年ぶりに会うような熱烈歓迎ぶりであるが、ユウリがこの城をあとにして、まだ二週間くらいしか経っていない。それを考えると、むしろ、「ふたたびお邪魔します」と挨拶したいくらいだ。

その想いを忌憚なく口にしてくれたのが、シモンの異母弟であるアンリだった。

「やあ、ユウリ。まさか、ロンドンではなくロワールでこの挨拶をすることになるとは思わなかったけど、いちおう言っておくと、お帰り」

「ただいま、アンリ」

諸々の事情で、金髪碧眼の家族の中、群れの中の黒い子羊のごとく、ただ一人黒褐色の髪と瞳を持つアンリであるが、ベルジュ家の次男としてみんなから愛され頼りにされる存在であった。顔立ちは、シモンに似て整っているが、幾分か野性味が強く、飄々としたしなやかさのある若者といえる。また、生まれ育ちから来るバランス感覚のよさで、人との距離を取るのが実にうまい。

アンリが、ユウリの頬に軽くキスしながら問う。

「久々の日本は、楽しめた？」

「うん。かなり」

そんな会話を交わしている間にも、待ちきれないようにユウリのダッフルコートの袖を引いたマリエンヌとシャルロットが急かした。

「ね、早く、ユウリ」

「こっちよ」

それを見て、ユウリより少し遅れて玄関広間に現れたシモンが、優雅に人差し指を振り、すかさず注意する。

「二人とも。ユウリは、昨日からの長旅で疲れているんだ」

「わかっているわ、お兄様」

「でも、ユウリだって、早く見たいはずよ。――ねえ、ユウリ」

「うん。そうだね」

「ユウリへのプレゼントは、いちおう、クリスマスツリーの下に置いてあるの」

「クリスマスツリー？」

二人に背中を押されながら歩き出したユウリが、不思議そうに繰り返す。

ちなみに、ベルジュ家の玄関広間は、その場で盛大なパーティーが開けるほど豪奢(ごうしゃ)で広く、バカラのクリスタル・シャンデリアの下がる中央には女王様でもおりてきそうな大理石でできた幅広の階段が存在した。

その階段をのぼり、かなり遠くにある応接室の一つに向かいながら、ユウリが「ということは」と確認する。

「まだ、クリスマスツリーが飾ってあるってこと？」

「そうなの。この金曜日が公現日(エピファニー)だったのだけど」

「つまり、木曜日の夜までが十二夜で、本当はその日に片づけるはずだったのだけど、ユウリが来ると聞いたから、片づけるのは今日でいいかって」

「私たちも、学校とかあって忙しかったし」

二人の言い分に対し、ユウリが感慨深げに頷いた。

「ああ、公現日か。そういえば、そうだったね」

キリスト教国ではない日本では、十二月二十五日を過ぎると街中からクリスマス関連のものが一つ残らず消え失(う)せ、代わって、慌ただしくお正月グッズが準備される。

本来であれば、十二月に入った頃からお正月を迎えるための支度が始まって然(しか)るべきところを、異教の祝祭があまりにも一大イベントとして定着し過ぎてしまったため、月のほとんどをサンタクロースに乗っ取られ、厳粛に迎えるべき歳神様(としがみさま)はギュッと詰まった数日間でなんとかしようという異常事態になっている。しかも、そのことになんら疑問を持つことなく、誰もが当たり前のようにクリスマスを祝い、その一週間後には神社仏閣にいそいそと足を運ぶのだ。

一つの宗教をひたすら信じ、時に、その神の名のもとに戦争までしてしまう人たちからすれば、このような日本人の精神構造は、まったく理解不能であるに違いない。日本文化に親しんでいるユウリでさえ、やはりこの現象には「平和だなあ」と少々呆れてしまったりもするが、ただ、だからといってそれが悪いことだとは思わず、和を重んじる日本人ならではの美点だと考えている。

そのようなわけで、年末年始を日本で過ごしたユウリにとっては、クリスマスはすっかり過去のものになっていたのだが、実際は、そうではなかったことを改めて実感した瞬間だった。

双子が、口々に言う。

「このあと、みんなで英国式午後のお茶（アフタヌーン・ティー）をするつもりで用意しているのだけど、その前にプレゼントを開けたほうがいいと思う」

「そうそう。なんといっても、クリスマス・プレゼントだもの」

「本来ならクリスマスに開けるべきものだから」

「時間が戻せないのが、本当に残念ね」

そこで、暖炉のある応接室に辿(たど)り着(つ)いたユウリは、窓際に飾られたクリスマスツリーの下に、まだ一つだけポツンと残されているプレゼントを手に取り、双子に両側から見守られながら、真っ青なリボンのかかった銀色の包装紙を開いていく。

包みの下から現れたのは古い木箱で、蓋(ふた)を開けると、布の張られたケースの中に望遠鏡のようなものが入っている。それと一緒に、金属の輪に水晶らしきものがはまった部品が収められていた。

まずは、望遠鏡のようなものを手に取ったユウリが、見たままに「望遠鏡？」と呟く。

すると、耳聡(みみざと)く聞きつけたらしい二人が、「ブー」とクイズの不正解音を真似(まね)て教える。

「ハズレ」

「望遠鏡じゃないのよ」

「望遠鏡じゃなく、万華鏡(カレイドスコープ)なの」

「——万華鏡」

意外だったユウリが、改めて手の中の玩具(おもちゃ)を見おろした。

言われてみれば、たしかに万華鏡だ。

ただ、かなり変わった外観をしていて、胴体部分には合金に彫られたアルファベットがランダムに並んでいる。しかも、見たところ、それは、自転車などの防犯に使われる数字合わせのダイヤル錠のように、アルファベットの連なる七つのリングがそれぞれ独立して回るようになっていて、実際、動かしてみるとスムーズに回った。

アルファベットの暗号錠のようになっている胴体部分からは、亀が首と尻尾を伸ばしたような感じで覗き窓の部分と万華鏡の肝となるオブジェクト・ケースが、ひとまわり小さいサイズで飛び出している。

要するに、一言で形状を表現するなら、万華鏡に、あとからアルファベットの暗号錠をすっぽりと嵌めたような形だ。

「ほら、ユウリ、覗いてみて」

「そうそう、すごくきれいだから」

両側にぴったりとくっついている双子にうながされ、ユウリが、窓のほうに万華鏡を向けて覗いた。

とたん、目の前に、別世界が広がる。

青や緑。

黄色。

茶色、赤など。

色とりどりの硝子や鉱石の欠片が光に透けて、回すたびにその時その時、異なる模様を作り出していく。

同時に、カタカタとケースの中で音がするのも、情緒があっていい。

マリエンヌとシャルロットが、ワクワクした口調で問う。

「ね、きれいでしょう?」

「すごいと思わない?」

「たしかに、すごくきれいだね」

ユウリが感心していると、興味を惹かれたらしいシモンとアンリが近寄ってくる。

ロンドンに拠点を置いているアンリはもとより、しょっちゅうロンドンに出向いたりして忙しくしていたシモンも、彼女たちがユウリのために用意したプレゼントがなんであるか、今の今まで知らずにいたのだ。

「そんなにきれいなんだ?」

「きれいだよ」

応じたユウリが、万華鏡をシモンに渡して続ける。

「時間が許せば、ひがな一日、見ていられそう」

「へえ?」

半信半疑のシモンであったが、万華鏡を覗いたところで、「本当だ」と認めた。

「これは、なかなか見ものだな」

「ずっと見ていたくならない?」

「なるね」

答えつつ、いったん目を離し、万華鏡の外観をつくづく眺めた。

「見た目も変わっている。胴体部分は、パズルにでもなっているのか……」

呟きながらクルクルと万華鏡を回して見ていたシモンが、覗き窓のまわりに刻み込まれた文字に気づいて、「ふうん」と感心したような声をあげる。

「ここに、小さな文字で、なんとも意味深な言葉が書かれているよ。——言い得て妙というか、さもありなんと言うべきか」

「言葉？」

興味を示したユウリに、その箇所を見せながら読みあげる。

「ほら、ここ。ここに『Centum Oculi Videt.（ケントゥム オクリ ウィデト）』と刻印されている」

「『Centum Oculi Videt.』……って、ラテン語？」

「うん、そうだね。直訳すると、『百の目が見る』となるわけだけど、万華鏡というものの在り様を考えた場合、この言葉は『まさに』と言える一文だ。——しかも、ご丁寧に、覗き窓のまわりにあるという凝りようだし」

「たしかに」

ユウリが認める前で、一通り検分し終わったシモンが、万華鏡を隣にいる異母弟の手に渡した。

受け取って早々、覗き窓に目を当てたアンリも、感動の声をあげる。

た。

「あ、すごい。きれいだなあ」

言いながら万華鏡を回すたび、やはり中でカタカタと硝子や鉱石の欠片が動く音がした。

「——なんか、ちょっと懐かしい感じもするし」

「ああ、箱の様子からしても、少し古い時代のものなのだろうね。——こんなもの、どこで売っていたのだか」

言いながら、シモンが、今度は木箱のほうを検分する。

と——。

長兄の何げない一言を聞いたマリエンヌとシャルロットが、ギクリと身をすくめ、そっと顔を見合わせた。正直、出所についてあれこれ訊かれるのは、彼女たちにとってあまり好ましいことではない。

幸い、シモンは、別のことに気を取られた様子で、木箱から水晶らしきものがついた部品を抜き取って続けた。

「これがついているということは、オブジェクト・ケースと取り替えれば、テレイドスコープにもなるんだな」

「テレイドスコープ？」

初めて聞く単語をユウリが繰り返したので、シモンが補足する。

「簡単に言うと、景色を材料にして万華鏡を楽しむものだよ。先端部分についているオブジェクト・ケースを外して、代わりにこれをつけるといいんだけど……、アンリ」

呼ばれたアンリが覗き込んでいた万華鏡から目を離し、心得た様子でシモンから渡された部品を万華鏡の先端部分に付け替える。

付け替え終わったところでユウリを窓のほうにうながし、列柱のある広いバルコニーに繋(つな)がっているフランス窓を開けてから、ユウリに手渡した。

「どうぞ(シルヴプレ)」

「ありがとう(メルシボクゥ)」

受け取ったユウリが、バルコニーに立って広大な庭を万華鏡で覗く。すると、今までの幾何学的な模様と違い、切り取られた庭の風景が幾重にも重なって無限に広がっていく様子が映し出された。

「へえ。おもしろい」

夢中になったユウリは、近くのもの、遠くのものと、あちこちに万華鏡を向けて、変化する景色を楽しむ。窓辺に飾られた花に焦点を当ててみれば、それがステンドグラスのバラ窓のように広大無辺に見えるし、遠くの風景を見れば、上下左右に無限の広がりを見せてくれる。

と――。

それまで楽しんでいたユウリが、ふと動きを止め、万華鏡から目を離して直に風景を眺めやった。

冬枯れの森と噴水のある庭園。

整備された敷地内の様子は、絵に描いたように美しい。

そこに、これといって変わった点を見出せなかったらしいユウリが、今度は手の中の万華鏡に視線を移し、瞳を翳らせた。

(……もしかして、こっち?)

そんな疑問を心の中で抱くうちにも、ユウリのいない応接室では、ちょっとした騒動が巻き起こっていた。

始まりは、この城のあるじであるベルジュ伯爵が入ってきて、溺愛している長男に声をかけたことにある。

「シモン、ちょっといいか?」

「なんですか?」

バルコニーにいるユウリを気にしつつ寄ってきたシモンの視線を追い、ベルジュ伯爵がユウリの背中を見て言う。

「ああ、ユウリ君が来ているのだったね」

「ええ。双子が呼び寄せたんですよ」

「うん。聞いている」

あっさり答えた父親を見返し、シモンがどこか責めるように問いかける。

「聞いていたのなら、その時点で、二人の身勝手を止める気はなかったんですか？」

「別に。面倒くさければ、ユウリ君のほうで断るだろう」

とたん、シモンが呆れたように軽く頭をそらして言い返す。そんな仕草も優雅で洗練されている。

「そんなの、ユウリは優しいから、来てくれと言えば来ますよ」

「なら、お前のほうから断ればよかっただろう。一緒にいたんだから」

「もちろん、断るつもりでいましたが、ユウリが寄ると言うから」

「それなら、なんの問題もないじゃないか」

そう言って話を切りあげたベルジュ伯爵が、「そんなことより」と、今、問題にすべきことに触れる。

「お前、最近、大きな買い物をしただろう」

「大きな？」

軽く首を傾げたシモンが、続ける。

「城の話なら、まだですよ」

とたん、今度は、ベルジュ伯爵が両手を開いて呆れた。

「……なんだ、また城を買おうとしているのか?」

「『また』って、人聞きの悪い。以前から相談しているイギリスの古城のことです。いい物件が出たら買いたいという話はしましたよね?」

「たしかに聞いているが、今私が話しているのは、そんな大きなものじゃない。——さすがに私だって、使途不明金で城を買われるとは思っていないよ」

「……使途不明金?」

「そうだよ。お前がよこした領収書の中に、使途不明のものが一つ交じっていたので、何に使ったのか、それを教えてほしくて尋ねたんだ」

説明しながら差し出された領収書を見て、シモンが白皙(はくせき)の面をしかめる。

「七千ユーロ?」

「そう。まあまあの値段だろう?」

「そうですね。……でも、ちょっと記憶にありませんが」

「そうなのか。——もちろん、買い物するのは構わないが、この額なら、いちおう何を買ったのか、把握しておきたかったんだが」

「そうでしょうけど、むしろ、この額なら自分でなんとかしますよ」

株や投資に手を染めているシモンは、ベルジュ家の財産とは別に、この年でかなりの資産家なのだ。

領収書を返しつつ答えたシモンは、彼らの脇で、双子の妹たちが妙に挙動不審になっているのを目の端で捉えた。何かに驚いたハムスターは、驚きを誤魔化すために毛繕いをするというが、今の双子が、まさにそんな感じである。妙にそわそわして落ち着きがなく、やたらと髪や服を整えている。

ベルジュ伯爵が言う。

「そういえば、最近、お前は、大学や仕事以外の出費に関してはすべて、自分の稼ぎでやりくりしているらしいね……」

口調がどこか不満げな父親に対し、シモンのほうでも心なしか反抗的な態度で「そうですけど」と答える。

正直、シモンの年齢にもなれば、アルバイトをして生活費や学費を稼ぐ生徒もかなりいるようになり、それでなくても独立心旺盛なシモンにしてみれば、実家が大金持ちであるからといって、いつまでも親の脛を齧っているようなみっともない真似はしたくないという気持ちが強い。

そんな己の正当性を訴えるように続けた。

「そのことで、なにか問題でも？」

「別に」

短く答えたベルジュ伯爵が、「だが、それなら」と不思議がる。

「いったい、どこのだれが、この領収書を寄こしたのか……」

それに対し、不審な動きが最大限に達している双子の妹たちのことを、シモンが呼んだ。

「マリエンヌ、シャルロット。お前たち、お父さんに何か言うべきことがあるんじゃないかい?」

とたん、ウサギのようにぴょこんと跳ねあがった二人が、猛然と言い訳し始める。

「違うのよ、お父様!」

「そう、全然違うの!」

「シモンお兄様ったら、何を言っちゃってるのかしら」

「ホント」

「七千ユーロなんて、ねえ」

「そうよ、七千ユーロなんて」

「いくら、ユウリのためとはいえ、七千ユーロなんてありえないわ」

「——ユウリのため?」

ふいにあがった名前に対し、それまで第三者的立場で様子を見ていたシモンが意表を突かれたように口中で繰り返した。

バルコニーにいたユウリも、自分の名前が聞こえたところで、ふと我に返った様子で振り返り、何事かと室内に取って返す。

そのタイミングで、双子があらぬ告白をぶちまけた。

「そうそう、ネットオークションに出ていた万華鏡を落札するのに、アンリお兄様の言っていたとおり、最後の最後までねばって」

「七百ユーロで落札するところを、間違えて七千ユーロで落札したなんてバカなこと」

「絶対にするわけがないでしょう!!」

最後に顔を見合わせて、「ねえ」と言うが、もはや誰も信じてはいない。

むしろ、最悪のタイミングでなされた完全なる事実の告白に対し、アンリが目を覆って天を仰ぎ、シモンが舌打ちしそうな表情になり、窓辺に立ったユウリに至っては、「え?」と声をあげ、戸惑った様子で万華鏡を見おろした。

「七千ユーロ……?」

予想もしなかった展開に、さすがにまずいと思ったベルジュ伯爵が、その場を誤魔化すようにユウリに向かって挨拶する。

「やあ、ユウリ君。また会えたね」

「——あ、はい。どうも。お邪魔しています」

「君なら、いつでも大歓迎だよ。それで、まあ、なんだな……、今の愚か者たちの話は聞かなかったことにしてくれるとありがたい。つまり、君は、何も気にしなくて大丈夫だということで、むしろ気にしないでほしいと願っている。——ちなみに、夕食は一緒にできるのかな？」

「あ、いえ」

返事に戸惑ったユウリに代わり、万華鏡の入っていたケースを手に取り、ユウリの肩に腕を回してうながしたシモンが、今後の予定を簡潔に説明する。

「ユウリは、ここでお茶をして一休みしたらヘリでロンドンに向かわせます。明日からの準備もあるでしょうし、夕食はロンドンに戻ってからのほうがゆっくりできていいと思うので」

「ああ、そうか。たしかにそうだね。それがいい。——もしかして、アンリ、お前も一緒か？」

「はい、そのつもりです」

双子の失態に苦笑を隠せずにいたアンリが頷いている間に、シモンがユウリを連れて応接室をあとにした。

おかげで、そのあと、ベルジュ伯爵が双子にしたお説教は耳に届かずにすむ。

廊下を歩きながら、シモンが念を押す。

「悪かったね、ユウリ。変な話を聞かせてしまって。——ただ、父も言っていたとおり、君は何も気にしなくていいから」

だが、気にするなと言われても、聞いてしまった以上はとても気になる。なにせ、七千ユーロといえば、一ユーロ＝百二十円で計算したとして八十四万円。クリスマスのプレゼント交換でもらうには、桁が違い過ぎている。貴族の息子にしては金銭感覚がしっかりしているユウリにしてみれば、予定額の七百ユーロだって常識外れの額なのに、それより桁が一つ多いなど、ありえない話だ。

だから、本来のユウリであれば、まず、城のロングギャラリーにでも飾ってほしいと言って返却を試みるところであるが、そうはならず、「そうだねえ」と迷うように万華鏡を見おろした。

「もしかしたら返したほうがいいのかもしれないけど、せっかく二人が選んでくれたものだし、できれば手元に置きたいので、このままもらってもいい？」

途中、意味深な理由をはさんだユウリが、「もちろん」と慌てて続ける。

「妥当な金額以外は、僕のほうで負担する」

「だから、それは必要ないよ」

シモンはシモンで、いつもなら、ユウリの微妙な言い回しに潜む裏の事情を敏感に察知するのだが、この時は、さすがに家族が友人の前でさらした失態のことが念頭にあったため、ついやり過ごしてしまう。

「言ったとおり、これは妹たちから君へのクリスマス・プレゼントなので、気に入ってくれたのであれば、何も気にせず受け取ってほしい」

「でも、さすがに七千ユーロは……」

躊躇するユウリに、シモンがきっぱりと告げる。

「気持ちはわかるけど、それはプレゼントにかかったというよりかは、双子の社会勉強に費やした金額と思えば、万華鏡の価値を左右するものではないから。——それでいうなら、むしろ、もし君が受け取ってくれなければ、あの二人の苦い経験はまったく報われなくなるわけで、落ち込みは倍増してしまうだろうね。——だって、考えてもごらんよ」

言いながら、シモンが万華鏡を顎で示して続ける。

「それをこの城に飾っておくということは、彼女たちの失態を永遠にさらし続けることになるわけで、ある意味地獄じゃないかい？」

「なるほどね」

納得したユウリが、漆黒の瞳を翳らせ、どこか謎めいた笑みを浮かべて応じる。

「わかった。それなら、いろいろな事情を昇華するためにも、遠慮なくもらうことにしようかな。——ということで、ありがとう」

「こちらこそ、助かるよ」

話が落ち着いたところで予定どおり英国式午後のお茶を楽しんだあと、ユウリは、アンリとともにヘリでロンドンへと帰っていった。

4

ユウリがシモンの待つパリへ向けて機上の人となっていた頃、寒風吹き荒ぶスコットランドでは、一人の青年が、エジンバラ近郊にあるニューサム伯爵邸を訪れていた。

もっとも、伯爵邸とは名ばかりで、その荒んだ様子は凄まじい。

蔦の絡まる黒い鉄門の向こうは、手入れの行き届いていない庭木が鬱蒼と生い茂っていて、そこここでカラスが不気味な鳴き声をあげている。屋敷へと至る小道はまったく見えず、折り重なる枝の向こうに、古びて赤茶けたスレート屋根が辛うじて覗いていることから、奥に建物があることが窺い知れるという有り様だ。

そのいかにも前時代的な外観は、まさに「幽霊屋敷」と呼ぶにふさわしく、実際、この屋敷には、すでに別の忌まわしい通称が存在した。

その名も、「青髭公の館」。

ニューサム伯爵の華麗なる女性遍歴を皮肉った名前ともいわれているが、近隣の住人たちはいまだに何かを恐れ、あまり屋敷に近づこうとしない。

「――それで、アシュレイ君」

パチパチと暖炉で火がはぜる音がする中、広い寝室のベッドに半身を起こした老人が、スマートフォンを片手にゆっくりと室内を物色している青年に向かい、焦れた様子で問いかける。

「君は、この件を引き受けてくれる気はあるのかね？」

尋ねたのは、もちろん、この家のあるじであるニューサム伯爵だ。

齢百歳に近い、まさにミイラのように痩せこけた男であるが、カエルのように左右に離れた目は、いまだ飽くなき欲望を秘めていた。

対して、問われたほうの青年は、フルネームを「コリン・アシュレイ」といい、英国に並ぶものはないとされる豪商、アシュレイ商会の秘蔵っ子と目される人物だ。飄々とした立ち居振る舞いでありながら、その言動は実に高飛車で、傲岸不遜が板についたような性格をしている。

長身瘦軀。

長めの青黒髪を首の後ろで緩く結わえ、闇から湧いて出た悪魔のごとく、全身黒一色という出で立ちだ。

実際、悪魔の申し子ではないかと勘繰られるほど頭の切れる彼は、学ぶことがないという理由で大学へも行かず、ただ気の向くまま自由奔放に暮らすという型破りの人生を送っている。

それを可能にするだけの財力と才知と才能を持つ彼の興味は、今のところ、もっぱら科

学では説明のつかない超常現象を追究することにあって、それにのめり込むほど非常識でも愚かでもないにせよ、予測できない不可知な現象に挑戦するスリルを存分に楽しむ姿勢だけは常に保持していた。

もともとオカルトに造詣が深く、この若さでありながら、魔術書を中心とした稀覯本の蒐集にかけては辣腕揃いの猟書家たちも舌を巻くほどの実力者だ。博覧強記でやたらと度胸がいいため、狙った獲物は逃がさない。言い換えると、知識に裏打ちされた自信でもってことに対処し、また難事を前にして、神経が図太く駆け引き上手なのだ。

今も、部屋をほぼ一周したところでスマートフォンをしまったアシュレイが、クルリと振り向いて応じる。

「そうだな。条件次第では受けてやってもいい」

自分の何倍も生きていそうな老人に対する態度とは思えない傲岸さだが、ニューサム伯爵は別のことに苛立ちを覚えていたらしく、口調に不満をにじませて言い返した。

「この期に及んで、まだ条件だと？」

「ああ」

窓辺に近寄りながら当然のごとく頷いたアシュレイに、老人が「言っておくが」とぶちまける。

「最初に連絡をした時から半年近く、君からの連絡はなしの礫で、その間に、こちらがな失せたんだ！」

んとか摑んだ情報はパアになってしまった。元の木阿弥だぞ。私の前から、ふたたび消え

　だが、つまらなそうに鼻で笑ったアシュレイは、片手を翻して応じる。

「そんなことで、俺に文句を言われてもね。単に、あんたのまわりに間抜けしかいなかったってだけのことだろう。——だいたい、あんたが連絡をよこしたのが半年前であったとしても、俺のところに届いたのはつい最近のことで、しかも、こうしてわざわざ出向いてきてやっただけでも、ありがたいと思ってもらわないと困る。なにせ、俺におべっかを使う人間、俺と仕事をしたがる人間、俺と話がしたいという人間は、雨後のタケノコのようにあとからあとから湧いて出てきて、いちいち相手をしていたら、きりがない。天使や悪魔だって、召喚したところで、必ずしも応えてくれるとは限らないだろう？」

「——ほお。これは、聞きしに勝る不遜さだ」

　ベッドの上で両手を握りしめたニューサム伯爵が、「それほどの大口を叩くからには」とけしかける。

「条件次第では、七千ユーロなどという法外な値段で落札された万華鏡を見つけ出し、かつ、取り戻す自信があるんだな？」

「当然」

「どこのバカかは知らないが、それだけの値をつけたからには絶対に手放す気はないはず

だが、狙ったものは確実に手に入れてきたという噂も、君の存在同様、幻ではない?」

「俺がここにいるんだから、そうなんだろう」

　バカバカしそうに応じたアシュレイが、「にしても」と意外そうに続ける。その間もカーテンを動かしてみたり窓辺の植物に触れたりと、探しものでもしているかのように室内を検分していく。

「……万華鏡ねえ」

「なんだ?」

「いや、いつだったか、あんたのところに泥棒が押し入ったという話は、新聞で読んだ。盗まれたものの中には、魔術書の蒐集で有名だったあんたのコレクションも含まれていたという話も、だ」

　そこで、一度言葉を切って振り返ったアシュレイが、「だが」と切り込む。

「あんたの依頼は、その高名な魔術書を取り返すことではなく、あえて盗品リストに載せる必要もなさそうな玩具の万華鏡を取り返すことだというのか?」

「そうだ」

「つまり、あんたにとって、その万華鏡は魔術書よりも大切なものってことか」

「そうなるな」

　認めたニューサム伯爵が、ふたたび動き出した窓際のアシュレイを目で追いながら続けた。

「魔術書など、死んでしまえば意味がない。そして、私の命は、もうすぐ尽きようとしている。あと半年か一年。――もしかしたら、明日にも死ぬかもしれない」

　歩きながら、アシュレイが笑う。

「それはまた、ずいぶんと悲観的だな。医者に余命宣告でもされたか？」

「いや。――だが、君も、私くらいの年になればわかると思うが、寿命というのは、誰に言われなくても感じ取れるものなのだよ。長く生きれば生きるほど、死は身近なものになるからな。そうなって初めて、大切なものも見えてくる。悪魔を呼び出しておのれの欲望を満足させようなど、肉体あっての短絡的な願望に過ぎず、永遠とはかけ離れた儚(はかな)い望みでしかない」

「――なるほどねえ。それは、なかなか奥が深い」

「そうかね？」

　相変わらず物色のための手を動かしながらではあったが、アシュレイが傾聴の意を示したため、興に乗ったニューサム伯爵が「ただ、一つだけ」と教える。

「君は勘違いしているようだが、あの万華鏡は、ただの玩具ではない。私にとって、すべてが詰まった大切なものなんだ。それを、他人に渡したまま死ぬなんて、絶対にあってはならない」

「へえ」

　答えながらサイドテーブルの下に手を滑らせ、ゆっくりと探っていたアシュレイが、ふと動きを止め、合点（がてん）した様子でそこから何かを取り出した。

　手の中にあったのは、赤や黄色の細く短いケーブルが突き出た黒い小型の箱のようなものだ。現実にはなくても、映画やドラマなどで誰もが一度は目にしたことがある盗聴器のようである。

　それを見たとたん、驚いて声をあげそうになったニューサム伯爵に指で静かにするように指示したアシュレイが、花の活けられた花瓶の中に、外したばかりの盗聴器をポチャンと落とした。

　どうやら、この部屋に入って以来、スマートフォンにダウンロードした特殊なアプリで盗聴器の有無をチェックし、ずっと捜していたらしい。

「さて。これで、ようやくゆっくり話ができるようになった」

　だが、まだ驚きから回復していないらしい老人は、信じられないものでも見るような目で花瓶を睨（にら）みつけている。

「——いったい、誰がそんなものを？」

「さあね」

　両手を開いたアシュレイが、事もなげに応じる。

「この部屋に入ったことのある人間なら、誰にでも可能だろう。それこそ、泥棒の置き土産という可能性だって十分ありうる。この程度の盗聴器なら、ネットでいくらでも買える時代だ」

　ニューサム伯爵が、表情を歪めて首を振る。

「泥棒が、なぜ？」

「そんなの、この家の動向がわかれば、また盗みに入るのに、都合がいいからに決まっているだろう。お宝は、まだまだ掘ればありそうだと思われたんだ。――もっとも、まだ泥棒の仕業と決まったわけではないが」

「はっ」

　老人が、吐き捨てるように言った。

「嫌な時代になったものだ」

「犯罪者にとっては、天国だがね」

　飄々と応じるアシュレイを見て、ニューサム伯爵が半信半疑の声音で「で？」と問う。

「それは、もう機能していないのか？」

「ああ」

「だが、他にもあるかもしれない」

「それはない。――少なくとも、この部屋には」

アシュレイが、自信たっぷりに太鼓判を押す。それから、「ということで、話を最初に戻すが」と早急に本題に入った。

「ネットオークションに出品され、すでに落札された万華鏡を見つけて取り返してほしいと言うあんたは、その見返りとして、本気で、俺にコレクションを渡す気があるのか?」

それに対し、ようやく盗聴器の衝撃から回復した様子のニューサム伯爵が、威厳を取り戻して告げる。

「ああ。手紙にも書いたとおり、ニューサム・コレクションをすべて、君に譲渡する」

「そっくり全部?」

「そうだ。――もっとも、おそらく、君が手に入れたいと思うのは、その中の一冊か、多くても二冊くらいのものだろう。あとは、自由に売りさばくといい。なんなら、私の死んだあと、この屋敷もつけてやるぞ。どうせ、財産を残すべき後継ぎもいないんだ」

「――へえ。それはなんとも気前がいい」

「ふん。喜ぶのもけっこうだが、万華鏡を取り戻すことができなければ、すべて白紙に戻るんだからな?」

「わかっている」

頷いたアシュレイが、青灰色の瞳を細め、考えを巡らせながら「ただ」と話し出す。

「ニューサム・コレクションについて、俺は、最近妙な噂を耳にした」

「……妙な噂？」

ベッドの上で痩せこけた身体を小さく震わせたニューサム伯爵が、気がかりそうな顔つきになって訊き返した。

「なんだ？」

「いや。どうやら、ある極秘会合で出所不明の魔術書が数冊、競りに出されたそうなんだが、当然、みんな、それが、最近盗まれた『ニューサム・コレクション』のものだと考えて興味を示した」

ニューサム伯爵の魔術書コレクションは有名で、コレクターの間では垂涎の的となっている。それが売りに出されたのであれば、盗品であろうがなかろうが、誰もが自分のコレクションに加えようと躍起になるだろう。

伯爵が、「ふん」と不満げに鼻を鳴らして応じる。

「だろうな」

「ところが、だ」

アシュレイが、窓際から本棚の前に戻りながら続ける。

「ここに来て、その件に関わったコレクターや故買屋などから、競りにかけられた魔術書が、実は本物ではなく偽物だったのではないかという声があがりだした。そして、実際、俺が確認したところ、偽物であることがわかった」

「ほお」

その事実を知らなかったらしいニューサム伯爵が、頰に引きつった笑みを浮かべて応じる。

「つまり、あれらの魔術書は、業界内では、すでに偽物と断定されたわけだな？」

「そういうことになるな。少なくとも、名だたるコレクターたちはもう見向きもしていないから、おっつけ、来歴に手を加えたものが一般のオークション市場に姿を現し、素人コレクターたちのターゲットとなるだろう。――ま、それはそれとして、では、なぜ、そもそも偽物が競りにかけられることになったのか」

本棚の前で、そこに並んだ背表紙を眺めながら、アシュレイが説明する。

「最初は、仲介した人間がすり替えたのではないかと疑われたようだが、どうやらそうではないということがわかり、今、関係者の間では、一つの疑念が持ちあがっている」

「――というと？」

「つまり」

アシュレイは、言いながら一冊の本を手に取って眺めた。箱入りではあったが、革装丁ではない廉価な装いの本である。ただ、装丁に比べ、中の紙は厚みがあって意外としっかりしているようだ。

「盗まれたニューサム・コレクションは、実は、初めから偽物だったのではないかという疑念だ」

「ほお。初めから、ね」

「そうだ。その場合、犯人は、ニューサム伯爵——あんたのことだが——の罠と気づかずに偽物を盗み出したのか、でなければ、間違いなくニューサム・コレクションの本を盗んだのだが、そもそも、それ自体が偽物だったかのどちらかになるわけで、そうなると、かつて悪魔の召喚に成功したとの伝説を持つあんたのコレクションは、実のところ、価値のない偽書の寄せ集めに過ぎなかったという話にもなってくるわけだ」

「なるほど」

相槌を打ったニューサム伯爵が、訊き返す。

「つまり、君にとっては、はなから取引をする価値がないと？」

「さて、それはどうかね」

結論を出すのはまだ早いとばかり、アシュレイは、手にした本をゆっくりと検分しながら言う。

「今、話したのは、あくまでも世間一般の意見に過ぎないからな」

「それなら、君の意見は？」

尋ねられ、視線だけで干からびた老人を眺めやったアシュレイが、「実は」と答えた。

「俺が気にしているのは、日付だ」

「日付？」

「そう。あんたが俺に連絡をよこしたのは、この家に泥棒が入った直後のことだった」

「ああ、そうだよ。君の腕前は噂でさんざん聞いていたのでね。真っ先に連絡したが、言ったとおり、その後、うんでもすんでもなかった」

ニューサム伯爵の恨み言は無視して、アシュレイが「その時の手紙で」と続ける。

「あんたは、報酬としてニューサム・コレクションの譲渡について触れている。だが、よほどのバカでない限り、人にものを頼むのに、盗まれた品を対価にする人間はいないはずだ。そして、俺が、こうして今日、わざわざここまで足を運んできたのも、そのことを確認するためだった。――もし、ニューサム・コレクションにまだ価値があるとしたら、あんたの頼みを聞いてやってもいいと思ってね」

ニューサム伯爵が、わずかに希望を抱いて「だったら」と尋ねた。

「この話、受けてくれる気になったんだな？」

「ああ」

開いていた本をパタンと閉じたアシュレイが、満足げに頷く。

「取引成立だ。ひとまず、前金としてこの本をもらい、残りは、大事な万華鏡をあんたのもとに届けた時にもらい受けることにする。――ということで、万華鏡について、もう少し詳しく話を聞かせてもらおうか」

5

アシュレイがニューサム伯爵邸を訪れている間、そこから少し離れた道に停められた車の中で、二人の青年がイヤフォンを通じて流れてくる会話に耳を傾けていた。

だが、聞いているうちに耳元でひどい雑音が響いたため、二人同時にイヤフォンを耳から遠ざける。

「──なんだ？」

「ものでもぶつかったんだろう」

「それにしては、変な音だった」

言いながら、一人がふたたびイヤフォンを耳に当てたが、すでに、今まで聞こえていた会話はまったく聞こえなくなっていた。

会話だけでなく、いっさいの音を拾わない。

遅れてイヤフォンを耳に当てた相方が、小さく舌打ちするのが聞こえた。

「気づかれたのか？」

「そうだろうね。少なくとも、壊れたのは間違いない」

「──っきしょう」

呪(のろ)いながら、外したイヤフォンを床に叩きつける相方を、もう一人の青年が冷ややかに見つめる。

彼らは、ここからすぐの場所にあるニューサム伯爵邸を盗聴していた。

そのために、今から遡(さかのぼ)ること数週間前、ニューサム伯爵邸に定期的に出入りしている花屋のアルバイトを買収し、花を活け換える際、どこでもいいから盗聴器を仕掛けてくるように頼んだのだ。

その目的は、闇市場(やみしじょう)に現れたニューサム・コレクションにあった。

彼らの仲間は、あるリストをもとに、この世のどこかに存在するといわれている悪魔を呼び出すアイテムを探していて、つい最近、かつて本物の悪魔の召喚に成功したという噂のあるニューサム伯爵の魔術書がオークションにかけられるという情報を入手し、なんとしても手に入れようと躍起になっていたのだ。

ところが、ここへきて、新たに、それが実は偽物だったという噂が出回ったため、その真偽を確かめる必要に迫られた。

その手段が、今しがたまで行っていた「盗聴」だ。

そして、それは、ある程度功を奏したと言えそうである。ただ、「ある程度」で終わってしまったのは、途中でとんだ邪魔が入ったせいだった。

盗聴を諦(あきら)めた青年が、車を発進させながら相方に言う。

「でもまあ、結論として、俺たちが狙っていたあの魔術書は、やはり偽物のようだな」

「ああ」

「伯爵があまで言うからには、今、世に出回っているニューサム・コレクションの魔術書には価値がない。おそらく初めから偽物だったのだろう。――ただ、なんともラッキーなことに、俺たちは、伯爵がコレクションより大事に思っているものがあることを知りえた。――しかも、意外にも、それは、宝石類と一緒に盗まれた、なんてことない玩具の万華鏡だったとはね」

「――万華鏡か」

興奮気味の青年とは対照的に、あまりテンションのあがっていない助手席の青年が、どこか疑わしげに呟いて疑問を投げかける。

「はたして、本当にそうなのかな」

「――は？」

喜んでいるところに水をかけられたような気がした相手が、ひどく不機嫌そうに訊き返す。

「本当にそうなのかなって、どういう意味だ？」

「いや。だから、たしかに深読みすればそうかもしれないが、もしかしたら、伯爵の言葉どおり、死を前にして、悪魔であれ現世利益であれ、魔術書がもたらすようなものには興味を失い、それまで生きてきた証(あかし)である思い出やら愛情やらが詰まったもののほうに意味を見出すようになったのかもしれない。——なんといっても、あの年だからな。天国は、金持ちが入るのは難しい場所だ。まして、それが悪魔信仰者なら、なおのこと」

相方の青年が、運転しながらチラッと助手席にいる中東系の顔立ちの青年に視線をやって「ふん」と言い返した。どうやら、少し上から目線で物を言う相手のことを、あまり快く思っていないらしい。

「そんな小難しく考えなくても、どっちであれ、万華鏡を手に入れさえすればわかることじゃないか。——だから、つべこべ言わずに、俺たちは、アシュレイより先に万華鏡を手に入れたらいいんだよ」

会話の中でことさら強調された名前に対し、助手席の青年が口元にうっすらと笑みを浮かべて応じる。

「なるほど、君の苦手なコリン・アシュレイか。——たしかに、彼の突然の登場には驚かされたけど、だからって、そこまで意識する必要があるのかな？」

暗に、個人の恨みを持ち込まれてもというニュアンスを込めた言い方に、言われたほうの青年が苛立たしげに言い返す。

「彼を甘く見ると、痛い目を見るぞ、ベイ」

「らしいね。僕の目の前に、そのよい例がいるようだから」

「は」

ひどい屈辱を受けたように、相手は荒々しく言い返した。

「そんな嫌味を言っていられるのも、今のうちだぞ。あんたが、アシュレイのことを軽く考えて、あとでコテンパンにやられるところを、ぜひ見てみたいものだよ」

敵であるはずのアシュレイを賛美するように言ったあと、「ただ」と、そうできない事情を口にする。

「あんたが一人でこけるなら、笑って見てもいられるが、このミッションの成否には、今後の俺の人生がかかっているんだ。絶対に失敗するわけにはいかない」

「へえ。……まあ、がんばってくれよ」

どこかバカにした口調で言い、「ベイ」と呼ばれた青年はフロントガラスのほうを向く。

ナアーマ・ベイはエジプト生まれのイギリス人で、母親がエジプトの人間だ。イスラム語圏に強い外交官の父について、あちこち転々としながら育ってきた。おかげで、大学生になった今では、イスラム語、トルコ語、英語、スペイン語が話せるようになっている。

浅黒く精悍(せいかん)な顔立ちで、イギリス国内でヌクヌクと育ってきた相方とは、思想もなにも違って見えた。

ややあって、顔を戻したベイが、具体的な対策を講じる。

「――で、今後のことだが、報告によれば、コリン・アシュレイの居所を把握するのは不可能に近いが、彼の手下と考えられている青年には、比較的近づきやすいということだったな?」

「ああ。そいつは、あんたと同じロンドン大学の学生で、名前をユウリ・フォーダムという」

「フォーダム?」

その名前に聞き覚えがあったらしく、ベイが驚いて確認する。

「フォーダムって、まさか、地球環境科学の権威であるレイモンド・フォーダムの親戚か何か、か?」

「さあ。はっきりとは覚えていないが、たしか、有名な学者の息子だったはずだ」

興味がなさそうに答えた相手が、「そんなことより」と続ける。

「ここにアシュレイが現れたとなると、フォーダムにも、すぐに動きがあるはずだ」

「ユウリ・フォーダムね」

その名前を頭に叩き込んだベイが、左手に持っていたタブレット型パソコンを見おろしながら、「それにしても」と呟いた。

「ニューサム伯爵がかつて召喚したのが、ただの悪魔ではなく、世に言う『堕天使』の一人であったというのは、本当なのかねえ……」

第二章　奇妙な訪問者

1

週半ばのパリ五区。

セーヌ河左岸に位置する大学街、通称「カルチエ・ラタン」は、すっかりいつもの装いを取り戻し、パリ大学の学生たちでにぎわうエリアと化していた。

道路に面してテーブルを並べる老舗(しにせ)カフェの一つで、経済書を片手にランチを取っていたシモンは、電話の着信に気づいて、カフェオレに伸ばしかけていた手を、テーブルの上にあったスマートフォンへと移動させる。

「ベルジュ」

短く名乗ると、電話口からは、やや硬めのフランス語を話す落ち着きのある声が響いてきた。

『ブリュワです』

「やあ、モーリス。何かあった？」

モーリス・ブリュワはベルジュ家が雇っている私設秘書の一人で、現在はシモンの専属となっているが、まだ学生である彼に常に寄り添う必要がないため、普段はベルジュ伯爵の片腕であるベテラン秘書のラロッシュの下で働いていた。

もちろん、会社に所属する公的な秘書は大勢いるが、仕事の調整を専門とする彼らとは違い、私設秘書は、仕事からプライベートまで、雇用主のあらゆることに精通している必要があった。

ただ、ベルジュ伯爵が、学生時代からの友人であるラロッシュにほとんどすべてを委ねているのに比べ、独立独歩の気質が強いシモンは、あまりモーリスをプライベートに踏み込ませようとしない。

たとえば、スマートフォン一つをとってみても、仕事関係や学校関係者に開示されている番号のものは管理を任せているが、それとは別に契約している、親しい友人のみに番号を知らせているものについては、完全に自己管理下に置いていた。

そのため、モーリスがシモンのプライベートを把握するのは、かなり難しい。

そのことをモーリスは不満に思っているが、干渉されるのを好まないシモンは、その距離を縮めることはなかった。

シモンの言葉を受け、モーリスが『実は』と用件を伝えた。

『ベルジュ家の代表番号のほうに、少々妙な電話がありまして』

観光地として有名な城に住んでいるベルジュ家は、問い合わせ先としての電話番号を公開していて、城の管理事務所が対処するその番号を、ベルジュ家の代表番号として併用していた。つまり、仕事関係は別としても、教育機関や近隣住民、あるいは積極的に参加している慈善団体に至るまで、家族が生活していくために関わらざるをえない相手にも同じ番号を通知しているのだ。

当然、その番号にかけてくる相手は、家族の誰もがプライベートに使用している電話の番号を教えていない便宜上の付き合いしかない人間か、でなければ、まったく見ず知らずの他人ということになる。

シモンが怪訝（けげん）そうに繰り返した。

「妙な電話？」

『はい。なんでも、落札された万華鏡（カレイドスコープ）について話がしたいそうなんですが』

「――万華鏡だって？」

シモンが、警戒する口調になった。

なぜと言って、シモンが最近「万華鏡」に接したのは、先日、友人がロンドンに持ち帰ったもの以外にないからだ。

なんとも胸騒ぎがしてならない。

そばを通りかかった顔見知りの学生に片手で挨拶を返しつつ、シモンが電話口で問い質す。

「それで、相手は、どんな話か言っていた?」

『いえ。ただ、話がしたいので、城のほうを訪ねてもいいかということでしたので、ひとまず、それはお断りし、こちらから連絡する旨を伝えました』

「ありがとう。それでいいよ」

そう言って考え込んだシモンに、モーリスが訊く。

『お話にあがっている万華鏡ですが、ギョーム様に伺ったところ、マリエンヌ様とシャルロット様が、ユウリ様へのクリスマス・プレゼントにするために、ネットオークションで落札なさったものであるとか』

「そうだよ」

『ということは、現在は、ユウリ様がお持ちなのですね?』

「——そうなるね」

認めるのが嫌なのか、どこか不満そうに答えたシモンが、「とりあえず」と今後の方針を打ち立てる。

「僕が会うよ」

一拍置いて、モーリスが訊き返した。

『本気で、お会いになるのですか？』

「うん。それも、できれば、早いうちに。――あの万華鏡に何か問題があるようなら、僕のほうできちんと把握しておきたいし、このまま放っておいて、被害がユウリに広がるようなことだけは、絶対に避けたいからね」

それは、当然予測できた返答であるため、モーリスは、特に異議を唱えることもなく、淡々とした声で了承する。

『わかりました。では、そのように手配します。――ちなみにその際は、私も同席させていただいてもよろしいでしょうか？』

「君も？」

ユウリに関係することにあまり他者を関わらせたくはなかったが、相手が何者かもわからない今、法律にも強いモーリスを同席させることは安全対策にもなると考え、シモンは提案を受け入れる。

「そうだね。頼むよ」

『ありがとうございます』

そこで、電話を切ろうとした相手に、シモンが「あ、それで」と尋ねた。

「相手の名前は、わかっているんだろう？」

『ああ、はい。失礼しました。相手の方は、「パヴォーネ・アンジェレッティ」と名乗っておられます』

「『パヴォーネ・アンジェレッティ』か」

頭に刻み込むように繰り返したシモンが、「わかった」と言って、電話での会話を終わらせた。

2

同じ頃。

ロンドンでは、レポートの資料を探しに大学図書館に来ていたユウリが、白亜の建物を出てきたところで足を止め、あたりを見まわしていた。

構内の通りに学生は少なく、木の下のベンチにまばらに人が座っているくらいだ。この時間、いつもはもっと人が多いのだが、さすがにここ数日の寒波の影響で、貧乏学生でさえ、ほとんど外でランチを食べたりしていない。

マフラーの上から白い息を吐いたユウリは、立ち止まったまま後ろに手を伸ばし、リュックのポケットに突っ込んでおいた万華鏡を取り出した。ただし、先端に取りつけてあるのはオブジェクト・ケースではなく水晶のようなもののほうなので、正確には「テレイドスコープ」だ。

それを人のいない建物のほうへ向け、覗き窓に目を当てる。

とたん、目の前に、切り取られた枠に収まった立ち木や建物が、上下左右に無限の繰り返しとなって映し出された。さらに見る方向を変えるたび、違った景色が切り取られ、風景が文様となって展開していく。

やはり、おもしろい。

ずっと見ていても、まったく飽きない。

だが、そうこうするうちに、ふとユウリの手が止まった。

覗き窓から目を離し、直接風景を眺めてからふたたび覗き窓に目をやる。何度かそれを繰り返し、しばらくして小さく溜め息をついた。

(——やっぱり)

ユウリは、思う。

(いる)

ロワールの城で、最初にこのことに気づいてから何度か同じことを試してみたが、毎回決まって、それは現れた。

万華鏡の中に見える無限の繰り返しを乱す異質な存在。

それがあることで、無限が無限ではなくなってしまうもの——。

あってはならないはずなのに、そこにあって、ユウリに何かを伝えたがっている。

(だけど、いったい……)

何を伝えたいのか。

あるいは、どこに行けば、それと会えるのか。

ユウリが悩んでいると、ポンと後ろから肩を叩かれた。

振り向くと、そこに、今を時めく若手俳優の一人であるアーサー・オニールが立っていて、かけていたサングラスをずらしてテレスコープに興味深そうな視線をやりながら、まずは「やあ」と挨拶してくれる。その一瞬、最近彼がCMモデルをしている柑橘系の柔らかな香水の香りが鼻先をふわりとかすめた。

「ユウリも、図書館にいたんだな」

炎のように輝く赤毛。

トパーズ色の瞳。

ケルト系の甘い顔立ちとスラリとした体形で、どんな服もお洒落に着こなす。

冬枯れの景色も、彼がいるだけで一瞬にして華やぐ英国のスター。それが、アーサー・オニールの本質であった。

ユウリとの付き合いは、シモンと同じくパブリックスクール時代からのもので、在校中には、シモンの後押しを得て、全校生徒の頂点である生徒自治会執行部の総長まで上りつめた実力者でもある。

まさに文武両道。

陽の気に包まれた人物だ。

そんなオニールは、一人の芸術家として、東洋的な瑞々しい感性を持つユウリのことを心から敬愛していて、その想いは、時に友情の域を逸脱するほどに情熱的だ。そのせいかどうか、ユウリの絶対的庇護者の座を維持し続けるシモンに対し、尊敬と同じくらいの敵愾心を持っていて、フランスにいる彼に成り代わり、ユウリの最も頼れる友人の座を獲得せんと日々奮闘している。

ユウリが、オニールを見あげてホッと息を吐く。

「アーサーか。びっくりした」

「なに、こんなところに突っ立ってぼーっとしていたんだ?」

「うん、まあ、ちょっと」

ユウリが言葉を濁すと、ずっと気になっていたらしいオニールが、「――それなら」とユウリの手元を顎で指して尋ねた。

「それは?」

「ああ、これ?」

「そう」

持ち上げてみせたユウリに頷き返し、該当しそうなものの名前をあげる。

「もしかして、望遠鏡?」

「ううん」

首を横に振ったユウリが、万華鏡をオニールに渡した。隠したところで、好奇心旺盛な友人が一度興味を持ったら、とことん追求するのがわかっているからだ。

「万華鏡だよ。――といっても、今はレンズをつけているから、正確に言うと『テレイドスコープ』だけど」

「へえ、珍しい」

　受け取ったオニールが、覗き窓に目を当ててあたりを見まわした。

「お。いいね。――きれいなのか、変なのか、よくわからないけど、すごくおもしろいのは確かだ。止められないというか、クセになる感じ」

「だよね」

　頷いたユウリが、そこでふと煙るような漆黒の瞳を翳らせ、脇でテレイドスコープに夢中になっているオニールに対して訊く。

「……ちなみに、何が見える？」

「今？」

「うん」

　テレイドスコープを覗いたまま、オニールが答えた。

「あのあたりの立ち木とベンチと、そこに座っている中東系の男と、……あとは、その奥の校舎の一部かな？」

「それだけ？」

「たぶんね。――ただ、よく見ようとすればするほど目が回りそうになるので、はっきりとはわからない」

　そこでようやくテレイドスコープから目を離したオニールが、訝しげにユウリを見おろして「そもそも」と主張する。

「テレイドスコープにしたって、万華鏡にしたって、望遠鏡と違い、細部をよく見るものではなく、全体を模様として楽しむもんじゃないのか？」

「そのとおり」

　認めたユウリが、「ごめん」と素直に謝る。

「ちょっと訊いてみただけだから」

　それに対し、甘いマスクを軽くしかめたオニールが尋ねた。

「訊いてみただけって、ユウリは、いったい何が見えると思ったんだ？」

「なんだろうね」

　小さく首を振って誤魔化したユウリが、彼方に視線をやって呟く。

「あるいは、誰だろうね……かもしれないけど」

　少なくとも、ユウリが覗いた時空には、時おり、そこにいるはずのない女性が現れ出るのは、間違いなかった。

　しかも、一人ではなく、見るたびに違う女性が視界を過る。

　だが、その謎を解くには、現時点ではあまりにも情報が少なく、ユウリにできることはないように思えた。

それがなんとも、もどかしい。

返してもらったテレイドスコープをリュックにしまったユウリは、オニールと連れ立って、ランチを取るために行きつけの店へと向かう。その際、仲睦まじい二人の様子を、ベンチにいた中東系の顔立ちをした青年がじっと目で追っていることには、まったく気づかなかった。

二人の背中が見えなくなると、青年は立ちあがり、その場を立ち去った。

3

翌日の夕刻。

一日の授業をすべて終えたシモンは、チュイルリー公園を望む格式高い老舗ホテルのカフェで、「パヴォーネ・アンジェレッティ」なる人物と対面した。

名前からしてイタリア人だと思われるが、現れたのは、スラリと引き締まった身体（からだ）つきをした品のよい紳士で、態度物腰といい話し方といい、やけに人を惹（ひ）きつける何かを持っていた。ただ、灰色がかった薄緑色の瞳（ひとみ）は、人を出し抜くことをなんとも思わない冷酷さを秘めているようで、おいそれと信じてはいけない危うさも感じられる。

年の頃は、四十代半ばから五十代くらいだろうか。

艶（つや）やかな黒褐色（こっかっしょく）の髪に白いものは交じっていないが、威風堂々とした様子には熟年の貫禄（かんろく）があって、さらに時おり見せる表情に老獪（ろうかい）な知恵を感じさせる。そういう意味では、八十代の老人と言ってもおかしくないが、だとしたら、とんでもないアンチエイジングを成功させたと言わざるをえない。

彼を見ていると、十八世紀にパリの社交界を騒がせたという伝説的人物、サンジェルマン伯爵の名前が頭に浮かぶ。少なくとも、目の前の男の口から、時代を越えてシャルル

マーニュに謁見した話やフランス革命当時のことが、まるでその場で見てきたかのように語られたとしても、なんら違和感を覚えずに聞き入ってしまっただろう。

魅力的だが、油断のならない人物。――それが、シモンが短時間のうちにアンジェレッティに対して抱いた印象だ。

そして、その印象は、さほど外れていないようだった。

というのも、品のよい穏やかな表情のまま、アンジェレッティが、なんとも穏やかならざることを口にしたからだ。

「――盗品?」

シモンが、相手の言った言葉を繰り返す。

「あの万華鏡が……ですか?」

「そうです」

チラッとモーリスに視線をやったシモンが、「それは」と尋ねる。

「どういうことでしょう。もう少し具体的に教えていただけますか?」

上品にカフェオレを飲んでいたアンジェレッティが、「もちろん」と頷(うなず)いてカップを置いた。

「まず、あの万華鏡は、半年くらい前に、私がロンドンの蚤(のみ)の市(いち)で手に入れたものです。あのとおり、見た目が珍しいものだったので興味を惹かれて購入したのですが、結局、一緒に住んでいた妹にせがまれ、あげることにしました。彼女は、万華鏡をとても気に入り、来る日も来る日も飽くことを知らずに覗(のぞ)いていたものです。――そう、まさに何百回も、ね」

アンジェレッティは、右手をクルクル回しながら説明し、「ところが」と続けた。

「ある日、その妹が行方不明になりましてね」

「――行方不明？」

あまりに唐突な話の展開に、深いラベンダー色のソファーにもたれて聞いていたシモンが、眉(まゆ)をひそめた。そんな表情も優美で、前途有望な王子が、民の陳情に耳を傾けているかのようである。

シモンが、重ねて訊く。

「誘拐でもされたのですか？」

「わかりません」

アンジェレッティが両手を広げて首を振り、「本当に忽然(こつぜん)と」と補足した。

「消えてしまったんですよ。その直前まで、いつものように夢中になって万華鏡を覗いていたんですが、次に見た時に彼女の姿はなく、それまで妹が座っていたベンチの上に万華鏡だけが残されていました。――暑い夏の日で、噴水のある庭には花が咲き乱れ、その間をミツバチが飛び回っていたのを覚えています」

その瞬間、シモンの頭の中に、実際には見たことのない風景がはっきりと浮かんで見えた。

陽光を映して輝く水しぶき。

色とりどりの花々。

萌(も)えるような緑に囲まれた庭のベンチに腰かけ、クルクルと楽しそうに万華鏡を回す少女の姿。

それは、秘密の花園のように、とても幻想的で美しい光景だ。

なのに、なぜ、少女はいなくなったのか──。

それまでと何も変わらない景色の中、少女の姿だけが欠けている。そして、まばゆさは、虚(むな)しさの中でいつしかその輝きを失う。

ベンチの上に残された万華鏡が、風もないのにゆらゆらと揺れていた。

「……シモン様?」

モーリスに呼ばれ、シモンはハッと我に返る。どうやら、ちょっとの間、意識が完全にこの場から離れていたようだ。

それは、そつのないシモンにしてはとても珍しいことだったので、モーリスが気がかりそうに見守る。

「──失礼しました」

　妙な空隙を作ってしまったことを詫びたシモンであったが、アンジェレッティは、むしろ、どこか満足げな表情で「いえ」と応じた。

「唐突な話で戸惑われるのもわかります。――ただ、そうした理由から、あの万華鏡は、私にとって妹の形見のようなものでして、ただの玩具とはいえ、大切にしてきたものなのですよ」

「そうでしょうね」

　頷いたシモンが、「それで、妹さんは」と尋ねた。

「いまだに見つからずにいるんですか？」

「そうです。生きているのか、死んでいるのかもわかりません。――もっとも、私は、どこかで生きているような気はしていますが」

「感じるんですか？」

「――感じる？」

　アンジェレッティが、そこで不可解な笑みを浮かべた。まるで「感じる」ということが新鮮であるような、あるいは、それをおもしろがっているかのような、そんな表情であるように思えた。

　ややあって、アンジェレッティが、その言葉を嚙みしめるように認める。

「たしかに、どこかで感じているんでしょう。妹の魂を――」

「魂を……ですか」

生きていると予測しつつ、存在そのものではなく魂を感じるという男の真意は、いったいどこにあるのか。

相手の言葉に、何かまやかしを見せられているような違和感を覚えながら、シモンが確認する。

「ちなみに、警察は妹さんのことをなんと言っているんです？」

「家出だろうと」

「家出？」

それもまた意外で、シモンは納得がいかないように言い返した。

「家の庭から消えたのに、それを家出で片づけられてしまったんですか？」

「そうですね」

あっさり認めたアンジェレッティが、説明する。

「実際、庭を調べても誰かが侵入した痕跡はなく、争ったあともなかったので、自発的に出ていったのだろうという結論に達したんですよ。――警察が言うには、反抗期にはありがちだそうで」

「反抗期って――。それで、納得したんですか？」

「いいえ」

アンジェレッティが、感情のこもらない声で応じる。

「納得はしていません。当然、捜索願は出してあるし、時々警察を訪ねてせっついていますが、そんな中、問題の万華鏡が盗まれてしまい、むしろ、そのことで、私は途方に暮れてしまったのです」

「――盗まれたというと、家に泥棒でも入られましたか？」

「ええ」

アンジェレッティは苦笑し、「お恥ずかしいことながら」と白状する。

「まったくそのとおりで、他の高価な貴金属などと一緒に万華鏡も盗まれてしまい、必死で捜していたんです。――そうしたら、先日、ネットオークションに出品されていたということをあとになって知り、あちこちに問い合わせた結果、こちらに辿り着いたというわけです」

「なるほど」

シモンが、納得した様子で頷いた。

彼は、アンジェレッティがどうやってベルジュ家に辿り着いたのかが疑問であったのだが、今聞いたような事情があるなら、誰だってつい口が緩んでしまうということもあるだろう。

しかも、扱われた商品がもともと盗品であったなら、なおさらだ。

「となると、当然、貴方は、万華鏡を取り戻したいと考えておいでですね？」

「はい。――もちろん、こちらにご迷惑をおかけするわけにはまいりませんので、返していただけるのであれば、お礼は十分させていただくつもりです。なんなら、かかった費用の全額をこちらで負担しても構わないと思っております」

シモンが、つい苦笑いを漏らす。

アンジェレッティが落札金額を知ったら、今の言葉を撤回したくなるだろうと思ったからだが、意外にも、彼はすでに知っているようだった。

「まあ、正直、玩具の万華鏡に費やすには、桁が違うようですが……」

探るように付け足したアンジェレッティが、真意を問うように訊く。

「ちなみに伺ってもよろしければ、そちらは、なぜ、あれだけの金額をかけてまで、あの万華鏡を手に入れたいと思われたのでしょう」

シモンが、少し考えてから答えた。

「……まあ、それについてはいろいろありまして、とりあえず思惑から外れたところの諸事情とでも言っておきましょうか」

「そうですか」

その一瞬、アンジェレッティの灰色がかった薄緑色の瞳がきらりと光り、好奇心をそそられたような表情になる。

「となると、簡単には手放してもらえないということでしょうか？」

「そうですね」

シモンが、聡明そうな水色の瞳を相手に向け、「もちろん」と請け合った。

「事情が事情ですので、お返しすることに問題はないと思いますが、いちおう、こちらでもいろいろと調べたうえで対処をさせていただきたいと思っておりますので、少し、お時間をいただけないでしょうか？」

言い方は丁寧だが、今の話を鵜呑みにはできないと、暗に警告している。

そして、きちんとそのあたりの含みを理解したらしいアンジェレッティが、瞳を細めて感心する。

「なるほど。さすが、ベルジュ家のご子息ともなると、どこの誰ともわからない人間の話を、丸々信じたりはなさらないわけですね？」

「申し訳ありませんが、そういうことになります」

目上の人間に対しても、決して臆することなく応じたシモンが、「ということで」と話を締めくくる。

「方針が決まり次第、こちらからご連絡をさしあげますので、今日のところはこれで失礼します」

言いながらモーリスに目配せし会計をさせようとしたが、察したアンジェレッティが、鷹揚（おうよう）に手をあげて告げる。

「お気遣いなく。こちらがお呼び立てしたのですから、ここは私が払います。貴方とお話しできて、光栄でしたよ」

その言葉を最後に、突然ふって湧（わ）いたようなパヴォーネ・アンジェレッティとの会見は終了した。

4

翌週。

午前中の授業を終えたユウリが仲間たちのいるカフェテリアに姿を現すと、それを待っていたかのように、女友達の一人であるユマ・コーエンに尋ねられる。

「あ、やっと来た。――ねえ、ユウリ。貴方が最近万華鏡を持ち歩いているって、本当？」

「ああ、えっと」

リュックを椅子の背にかけながら、情報源でありそうなオニールをチラッと見ると、華やかな友人は、不本意そうに肩をすくめて認めるような仕草をしてみせた。どうやら、なんらかの事情があるにせよ、話の出所がオニールであるのは間違いないようだ。

「うん、本当だよ」

「へえ、見せて」

「……いいけど」

しかたなく応じたユウリが、「これだよ」と言って、リュックからくだんの万華鏡を取り出した。

ここは、ロンドン大学の近くにあるカフェテリアで、セルフサービスのカジュアルな店内は、学生らしき若者たちでにぎわっていた。

そんな混雑の中で、この奥のテーブルはオニールの指定席として知られ、最近では、彼のために予約のプレートまで置かれる事態になっている。おそらく、彼の卒業後は、「学生時代のアーサー・オニールが仲間たちと過ごしたテーブル」として、長く語り継がれることになるだろう。

こうなるに至った理由は、ここの店主が大の演劇好きで、かつ、オニールの母で英国を代表する大女優イザベル・オニールの大ファンであることがわかったため、何かの折にオニールがサイン色紙を贈ったことにあった。

今では、この店にアーサー・オニールの指定席があるという噂が広まり、ここに来れば著名な英国人俳優に会えると思って押しかけてくるファンの姿もちらほら見られるようになっていたが、もちろん、このテーブルに断りもなく座れる面子は決まっていて、見慣れない人間が座ると、すぐに店主からチェックが入る。

ちなみに、店主がメンバーとして認めているのは、ユウリ以外に、オニールの従兄妹で女優のユマと、養護施設出身で現在はグリーン家の養女となっている「リズ」ことエリザベス・グリーンで、さらに最近になって、ユウリやオニールと同じパブリックスクール出身で一つ年下のエドモンド・オスカーが加わり、固定された。

あと、例外として、たまに姿を現すシモンとアンリがいたが、彼らの場合、この場に友人たちの姿がなければ寄っていかないため、特にチェックの対象にはなっていないようである。

かくして、この店のこのテーブルは、アーサー・オニールとその仲間たちの集う場所として他の学生たちの垂涎の的となっているが、それには、実のところ、オニール以外の人間が個々に放つ魅力も大いに影響していた。

中でも特に、オニールと同じ演劇界に所属するユマは、手足が長く、底光りする緑灰色の瞳で蠱惑的に見つめて人々を魅了したし、金髪緑眼のエリザベスは、その謹厳実直な性格を知らない人たちから現役モデルと勘違いされるほど見目麗しいため、他の学生を圧倒した。

おかげで、背恰好がよく、ふつうに生きていればかなりの「イケメン」の部類に入るオスカーは雰囲気の底上げ程度にしかならず、奥ゆかしさと清廉さが最大の特徴であるユウリに至っては、彼らの陰に隠れて、まったく目立たない存在になっている。

だが、実のところ、この集団の中心人物は、他ならぬユウリであった。みんな、ユウリのそばにいたいがために、この店に集まってくる。

そのことを示すいい例を、ユマがあげる。

「やっぱり、だからだったのね、アーサーが、急に万華鏡なんて探し始めたのは。——まったく、なんでもユウリに影響を受けるんだから」

そこで、ユウリがふたたびオニールに問うような視線をやっている間に覗き窓に目を当てて万華鏡を覗いたユマが、「あら、これ」と頓狂な声をあげた。

「私の思っていた万華鏡と違う……」

「ああ、うん、そうだろうね」

ユマに視線を戻して認めたユウリが、説明する。

「今は『テレイドスコープ』になっているから、厳密に言うと万華鏡ではないんだ」

「『テレイドスコープ』？」

最初の時のユウリ同様、その存在を知らなかったらしいユマが怪訝そうに繰り返したので、ユウリが解説を付け足す。

「『テレイドスコープ』は、見たとおり、先端に水晶のようなものがついていて、身近な風景を万華鏡で覗くことを楽しむ仕組みになっているんだ」

「ふうん」

テレイドスコープをエリザベスに渡したユマが、残念そうに言った。

「ま、これはこれでいいんでしょうけど、ふつうの万華鏡のような、きれいな幾何学模様は見られないわけ？」

どうやら、女子には、風景の連なりよりも、色とりどりの硝子や鉱石の欠片が織りなす幻想的な世界のほうがいいらしい。

ユウリが、笑って「ううん」と否定する。

「付属のオブジェクト・ケースに付け替えれば、ユマが言っているような模様を見ることができるよ」

「本当？」

「うん」

「見たい！」

「わかった」

了承したユウリが、天鵞絨（ビロード）の巾着袋（きんちゃくぶくろ）に入れて別に持ち歩いていたオブジェクト・ケースをリュックから取り出し、ちょうど本体を手にしていたオスカーに向かって言う。

「オスカー。悪いけど、見終わったら貸して」

「いいですけど、俺がやりましょうか？」

「やり方、わかる？」

「先端を外して付け替えるだけですよね？」

確認し、ユウリが「そうだけど」と答えると、笑って「なら、できますよ」と請け合った。

手先の器用なオスカーは、パブリックスクール時代もさまざまなものを組み立て、ちょっとした日曜大工ぐらいであれば、なんなくやり遂げた。頭がいいので、ものの構造などを把握するのも早いのだろう。

　今も、危なげなく付け替え作業をしながら、本体の構造に興味を示して言った。

「それにしても、これ、変わっていますよね。この胴体の部分なんて、ただアルファベットが並んでいるだけじゃなく、たぶん、暗号錠になっていますよ」

　とたん、椅子の背に腕をかけて窓の外を見ていたオニールが、こちらを向いて興味を示した。

「――暗号錠？」

「はい」

「マジか」

　男子は基本、暗号や密室トリックが大好きだ。その手の言葉に夢やロマンを覚え、ワクワクする。それは、年を取っても変わらない習性だろう。

　ただ、ユウリが、オニールとほぼ同時に、もの思わしげな視線を向けたのには、別の理由があった。

　オスカーが本体の一ヵ所を指して「見えますかね」と続ける。

「よく見ると、この部分に一ヵ所、継ぎ目があるので、きっと、まわりのアルファベットの組み合わせによって錠が外れ、この部分がパカッと開くのだと思います。――まあ、あくまでも推測ですけど」

オスカーの説明に、横から覗き込んだエリザベスが「言われてみれば」と納得する。

「まっすぐな円筒形ではなく、一つの万華鏡に、あとから胴体部を嵌めたような形をしているものね」

「たしかに」

頷いたユマが、「だけど」と疑問を呈する。

「なんのために、そんなことをしたのかしら?」

「……さあ」

首を傾げたエリザベスが、オスカーやオニールと顔を見合わせながら言う。

「なぜかしらね?」

「そんなの、作った人間に訊くしかないんじゃないか?」

「そうですね」

最後に言ったオスカーが、オブジェクト・ケースに付け替えた万華鏡を女性陣の前に差し出す。

「できましたよ」

「あら、ありがとう、オスカー」

受け取ったユマが、最初に万華鏡を覗き込む。

「わあ、きれい。——ね、やっぱり、万華鏡はこれに限るわ」

楽しそうに回しながらはしゃぐユマの横で、エリザベスが「それにしても」としみじみ言う。

「こんなふうに見るものを付け替えたりできるなんて、かなり凝った構造よね」

「たしかに」

深く頷いたオスカーが、懐かしそうに思い出を語る。

「俺も小さい頃、お祭りの露店で買ってもらった万華鏡を持っていましたけど、こんなしっかりしたものではなく、嵌め殺しで、しかも胴体部は、ただの厚紙に絵が描いてあるだけだった気がします」

「そうそう」

エリザベスが頷いて応じた。

「私も、養護施設時代、万華鏡制作キットのようなものが寄付されたことがあって、みんなで一緒に作ったけど、まさにボール紙だったもの。あまりに殺風景だったから、絵を描いたのを覚えている。……楽しかったなあ」

ユウリが、チラッとエリザベスを見た。

彼女がいた養護施設は、ユウリたちが在籍していたパブリックスクールから車で一時間くらいの場所にあって、彼らもよくボランティア活動に通ったものである。その際、些細(ささい)なことにも顔を輝かせて喜ぶ同年代の子供たちを見て、豊かさというのは、決してお金に換算できるものではなく、一人一人の心が生み出すのだと、しみじみ感じたのを覚えている。

エリザベスに万華鏡を渡したユマが、「でも、そもそも」とユウリに尋ねた。

「急に万華鏡を持ち歩くなんて、どうしたの？」

「え、いや、どうしたって言われても……」

ユウリが答えにつまると、説明しやすいよう、ユマがもう少し具体的に訊き直した。

「だって、こんなもの、自分で買ったわけではないでしょう？」

「ああ、うん。そうだね。クリスマス・プレゼントでもらったんだ」

すると、会話を聞いていたエリザベスが、横から口をはさんだ。

「もしかして、ベルジュ？」

ここにいない友人の名前をあげられ、ユウリが小さく笑って答える。

「たしかに、ベルジュはベルジュだけど、シモンではなく、実は、シモンの妹たちからなんだ」

「へえ」

意外だったらしいユマが、底光りする緑灰色の目を軽く開いて続ける。

「だとしたら、その子たち、いい趣味しているわね。——ちょっと会ってみたい感じ」

「ああ」

ユウリが、頷いた。

「ユマなら、あの二人と話が合うかも。――というか、いいお姉さんになってあげられそうな気がする」

「あら、それなら、私、がんばって、ベルジュかアンリと結婚しようかしら」

「玉の輿？」

ユマとエリザベスが冗談めかしてそんなことを言っていると、どこかで携帯電話の着信音が鳴り、真っ先に気づいたオニールがユウリの肘を突いて教える。

「ユウリ、携帯が鳴っている」

「え、ホント？」

慌ててあちこち捜したあと、やっとダッフルコートのポケットから携帯電話を取り出したユウリが、「あ、本当だ」と言いながら急いで電話に出る。

「もしもし？」

『やあ、ユウリ』

発信者を確認していなかったユウリは、電話口から聞こえてきた貴族的な声に驚き、該当する人物の名前を呼ぶ。

「シモン？」

とたん、テーブルを囲む仲間たちが、それぞれ反応して互いに顔を見合わせた。おおかた、「噂をすれば影」と思っているのだろう。

　シモンが言う。

『ごめん、急に電話なんかして。――今、少し話しても大丈夫かい?』

「うん。――あ、カフェテリアにいるんだけど」

『それなら、オニールたちも一緒ってことか』

「そう。――外に出たほうがいい?」

『いや、いいよ。寒いだろうし、用件はすぐにすむから』

　そう言ったシモンが、『実は』と続ける。

『例の万華鏡のことで話があって、今週末、ロンドンに出向こうと思っているけど、ユウリは、週末の予定はどうなっている?』

「万華鏡?」

　ドキリとして訊き返したユウリを、ちょうど万華鏡を持っていたオニールが、覗き窓から目を離してもの問いたげに見おろした。

　煙るような漆黒の瞳を翳らせたユウリが、続ける。

「万華鏡が、どうかした?」

『うん、ちょっとね。込み入った話になりそうなので、できれば、会って話したい』

「……そう」

相槌（あいづち）を打ったユウリが、すぐに「わかった」と応じる。

「どっちにしろ、週末は家にいるつもりだったから、シモンの都合がいい時に来てくれたらいいよ」

『それなら、金曜の午後に行くよ。――よかったら、ついでに夕食を一緒に』

「もちろん。――もしかして、泊まっていかないの？」

『そうだね。これから、こっちの予定を調整するので、場合によっては泊まらせてもらうけど、まだなんとも言えない』

どうやら、かなりタイトな予定を押して来るつもりらしい。つまり、相当深刻な話であると思っていい。

いったい、シモンの話とはなんなのか。

万華鏡の何が問題で、わざわざロンドンに来ようとしているのか。

すでに万華鏡のことで少々悩みを抱えているユウリとしては気になってしかたないが、今は待つよりほかにないらしい。

電話を終えたユウリがその場で考え込んでいると、オニールがユウリの前に、くだんの万華鏡を差し出して振ってみせた。

「おーい、ユウリ、大丈夫か？」

「え？　――あ、うん」

ハッとしたユウリが、顔をあげ、みんなのことを見まわして応じる。

「ごめん、なんでもないよ」

「でも、ベルジュが来るんだろう？」

「そうだね」

ユウリが認めると、不満そうな顔つきになったオニールが、恨めしげに指摘する。

「クリスマスと年末年始を一緒に過ごしたばかりなのに？」

「そうだけど、予定を押して来るみたいだから、かなり重要な話なんだと思う」

だが、会話の一部をしっかり聞いていたらしいオニールが「いくら重要ったって」ともっともらしく告げた。

「たかが、万華鏡のことだろう？」

ユウリが答える前に、テーブルに頬杖をついたユマが同調する。

「そうよねえ。口実にしか聞こえないわ」

それに対し、ユウリが「たしかに」と認める。

「たかが万華鏡のことなんだけど」

それから、オニールから受け取った万華鏡をもの思わしげに見おろして「ただ」と続けた。

「されど万華鏡、でもあるから」

その瞬間、ユウリのうちに去来した想い。

たかが万華鏡。

されど万華鏡。

問題があるからこそ、シモンはやってくるわけだし、ユウリ自身、この万華鏡には異質なものを感じている。それなのに、こちらの問題を棚上げにしたまま、シモンを迎えてしまっていいのだろうか。

もちろん、いいはずがない。

忙しそうなシモンを、あまりよけいなことに巻き込まないために、自分にできることはないか。

せめて、何がどうなっているのか。

状況を整理しておくだけでも、意味があるかもしれないと思う。

そうしておけば、もし、万華鏡に危険があるとわかった場合、シモンを遠ざけることもできるはずだ。

そのために、先にできること――。

そこで、ユウリは、ある人物を思い浮かべる。

(彼に訊けば、あるいはヒントになるようなことがわかるかも……)

それは一種の賭けであったが、ユウリはその可能性に賭けてみることにした。

5

ロンドン市内。

セント・パンクラス駅に臨接する大英図書館内の吹き抜けに設けられたティールームで、タブレット型パソコンを開いていたアシュレイは、テーブルの上で点滅し始めたスマートフォンをチラッと見てから取り上げた。

「アシュレイ」

短い返答に対し、相手は挨拶をするでもなくいきなり淡々と報告し始める。それがアシュレイのやり方と知ってのことである。

しばらく黙って聞いていたアシュレイが、途中、少し意外そうに呟いた。

「……ベルジュが？」

だが、相手は取り合うことなく、やはり淡々と報告を続ける。アシュレイ配下の調査員は優秀で、かつよく躾（しつ）けられている。

ややあって、アシュレイが告げる。

「……わかった。ご苦労」

短い労（ねぎら）いの言葉を最後に電話を切ったアシュレイが、その場で「ふうん」と気難しげにひとりごつ。

「ベルジュがねえ……」

今の電話は、例のニューサム伯爵の万華鏡を落札した人物について調べさせていたことに対する報告であった。それによると、落札したのはベルジュ家の人間で、あの程度の万華鏡に支払われるにしては異例といえるほど、高値での落札であったという。

それが、アシュレイには解せない。

まず、ここにベルジュ家の名前が出てきたことも意外であったが、それより何より驚かされたのが、金額だ。たしかに、高額とはいっても、天下のベルジュ家にとってははした金であるのはわかるが、「当代のメディチ家」と呼ばれるほど芸術の保護に力を入れている彼らは、当然、とてもしっかりした審美眼を持ち、間違っても、こんなつまらないものに何十万もの投資をするはずがないのだ。

もしあるとすれば、それは、何か裏があってのことだろう。

だが、そうなると、よけいに不可解と言わざるをえない。

（なぜ、ベルジュがこの件に関わっている――？）

別に、それならそれで、対処の仕方を考えるだけであったが、意味もなくお貴族サマの気取った顔がちらつくのは、鬱陶しいことこの上ない。

と――。

　黙考するアシュレイの手元で、ふたたびスマートフォンが点滅する。見れば、親しい人物からの着信で、アシュレイは眉をひそめて画面を見つめた。

　出るか。

　出ないか。

　白を基調とする近代的なテーブル席からは、ガラス越しに巨大な柱の本棚に並べられた何万冊という貴重な蔵書が見渡せる。それは、なかなか圧巻と言える見世物で、アシュレイは結構気に入っている。

　今も、蔵書の列に視線を移してしばし悩んでいたが、結局、スマートフォンを取り上げて電話に出た。

「なんだ？」

　短く不機嫌な第一声にもいっこうにめげた様子はなく、電話してきた相手は『ほっほ』と軽やかに笑った。

『新年早々、虫の居所が悪いらしい』

「たしかに、老人のつまらない茶飲み話に付き合っている気分ではない」

　電話をしてきたのは、アシュレイが直通で繫がる連絡先を教えている数少ない知人の一人で、ウエストエンドで表向き古物商を営んでいるミスター・シンだった。「表向き」というのは、彼は、知る人ぞ知る、ヨーロッパでは名の知られた霊能者で、いわくつきの品物を引き取ってくれるので有名だ。

そのミスター・シンが、楽しげな声音のまま『お前さんが』とからかう。

『わしの茶飲み話に付き合ってくれた例はなかったはずだが、まあ、いい。手短に用件を言うと、ちょっと前に、ユウリ・フォーダムから連絡があって、わしに会いたいと言ってきた』

「へえ」

若干声の調子を変えて、アシュレイが興味を示す。

「なんの用で？」

『あるものを鑑定してほしいそうだ』

もったいぶって告げたミスター・シンは、『ただ』と付け足した。

『もちろん、彼のことだから、わしにそれを預けたいというのではなく、そこにいるものがなんであるかを見てほしいだけだそうだ』

「だろうな」

さもあらんと、アシュレイは思う。ユウリほどの霊能力があれば、たいていのものは自分の手でいかようにも浄化できるからだ。

おもしろそうな話ではあったが、いかんせん、アシュレイは現在忙しい。

そのことを、ミスター・シンに伝える。

「残念だが、知ってのとおり、今はあいつと遊んでいるヒマはない」

『ほお』

ミスター・シンが『それなら』と念を押す。

『彼とは金曜の昼に会うことにしているが、わし一人で会っていいんだな?』

ユウリと霊的な体験を共有したことを、あとであれこれ文句を言われてはたまらないと言わんばかりの確認に、アシュレイが苦笑して言い返す。

「なんだか知らないが、好きにしてくれ。時間ができたら、こっちから邪魔しに行く」

そう言って電話を切ろうとしたアシュレイに、ミスター・シンが『いちおう、教えておくと』とようやく核心に触れた。

『万華鏡だそうだ』

「――――」

スマートフォンを切りかけていた手を止めたアシュレイが、おのれの不覚を反省するようにチッと舌打ちする。

「――なるほど、万華鏡ね。そういうことか」

『そういうことじゃよ』

二人の間だけでわかるような掛け合いをし、『なんでも』とミスター・シンが説明する。

『いわくつきの万華鏡を手にしてしまったらしく、早急に処理したいそうで、知っていることがあれば教えてほしいと言ってきている』

そこまで説明してから、『ま』と意地悪く続けた。

『忙しいお前さんには、どうでもいいことだろうが』

だが、当然、万華鏡と聞いたからには無視することはできず、アシュレイは、電話の向こうで楽しそうにしているはずのミスター・シンを小声で呪（のろ）う。

というのも、アシュレイはニューサム伯爵との会見のあと、わりと早いうちに万華鏡についての問い合わせをミスター・シンにもしていて、その時、さしたる情報が得られなかったため、彼の存在を頭から除外していたという経緯がある。

つまり、彼は、アシュレイが万華鏡に関わっていることをすでに知っていたわけで、そこへ持ってきての、この会話だった。

いったい何を考えているのか。

さすが、アシュレイと長く付き合っているだけはある。

自分ではお茶目と思っているだろうし、年長者に対しても傍若無人（ぼうじゃくぶじん）なアシュレイをからかういいチャンスであったのだろうが、アシュレイは本気でムッとして言い返した。

「相変わらず食えない爺（じい）さんだよ、あんたは」

『そうかね？』

「前回、店を救ってやった恩を、もう忘れたか」

高飛車なアシュレイを、ミスター・シンがのらりくらりとかわす。

『そういえば、そんなこともあったかもしれんが、なにせ、最近、物忘れが激しくていかんな。このままでは、お前さんの顔も忘れそうじゃ。——そういえば、それで思い出したが、ユウリ君に会ったら、わしからということで、しっかり礼を言っておいてくれ。——じゃ、切るぞ』

そこで、ミスター・シンは電話を切った。まるでアシュレイのお株を奪うような唐突さである。

通話の途絶えたスマートフォンを前にして憤懣が収まらないアシュレイだったが、だからといって、いつまでもミスター・シンに腹を立てていてもしかたがないので、新たな考えに沈み込む。

方法はどうあれ、ミスター・シンは、いつもどおり、有益な情報をもたらしてくれた。

ユウリのところに例の万華鏡があるなら、渡したのはシモンか、シモンの家族の誰かであり、ベルジュ家の人間がどう思っているにせよ、ユウリ自身は、それが、ただの万華鏡ではないことに気づいているはずだ。——でなければ、ミスター・シンに連絡などするわけがない。

（あるいは、ユウリのことだ）

アシュレイは、推測する。

クリスマスにベルジュ家の城に滞在した際、そこで目にした万華鏡の本質に気づき、来たるべき災いから友人の家族を遠ざけるために、なんらかの理由をつけて持ち去った可能性もある。

ユウリとは、そういう人間だ。

さすがのアシュレイも、現段階では高額で落札された本当の理由にまでは思い至らなかったようだが、正直、それはどうでもいいことであった。

今、大事なのは、問題の万華鏡がユウリの手にあるという驚くべき事実――、ただその一点のみである。

(さて)

となると、どうするべきか――。

スマートフォンを手の中で回しながらしばらく考えていたが、やがてざっと方針を決めてしまうと、画面をスライドし、ある番号に電話した。

6

ロンドン北部。

新興の高級住宅地であるハムステッドに建つフォーダム邸では、この家の住人であるユウリが、週末にフランスからやってくるシモンと気兼ねなく時を過ごせるよう、翌週の授業で使う本を読んでいた。

ウィリアム・モリス柄のカーテンがかかったユウリの部屋は、ものが少なく、すっきりと落ち着いている。昔から整理整頓(せいとん)が上手で、パブリックスクール時代も、育ち盛りの男子が作り出す汚部屋の多い寮(ハウス)にあって、ユウリの部屋だけは清潔感に溢(あふ)れ、神域のような静謐感(せいひつかん)に満ちていた。

今も、淡い間接照明に照らし出された部屋の中には、郷愁を誘う美しい時間が流れている。

と――。

どこかで何かが鳴った。

だが、本に夢中になっているユウリは、すぐには気づかず、少し遅れて顔をあげる。

(――あれ?)

ユウリは、窓辺に置かれた長椅子の上でキョロキョロしながら、思う。

(今、何か、鳴らなかったっけ?)

その場で耳を澄ますが、何も聞こえない。窓を閉めた部屋の中は、かすかに時計の音がしている他は、しんと静まり返っている。

(空耳……?)

首を傾げたユウリが本に戻ろうとすると、またどこかで音がした。間違いなく、現実だ。電子音のようなので、携帯電話かパソコンの音だろう。ただ、パソコンが音をたてるとも思わないので、残るは携帯電話だ。

しかも、ワンコール鳴ってはすぐに聞こえなくなるので、発信源がなんであるか特定しづらかった。

ユウリは、本を置いて立ちあがると、コート掛けに掛けてあった上着のポケットから携帯電話を取り出して確認する。

てっきり、明日のことでシモンからメールが入ったのだと思っていたが、携帯電話の画面に着信履歴の表示はなく、ふたたび首を傾げることになる。

(携帯電話じゃない……?)

だとしたら、いったい何が鳴っているのか。

今は音がしていないのでわからなかったが、次に音がした時は、絶対に発信源を突き止めようと思って構えていると、三度、音がした。

今度は、しばらく鳴り響いていて、首を巡らせたユウリは、音がベッドルームから聞こえているのに気づいた。

同時に、「あ」と声をあげる。

何が鳴っているか、ふいに理解したからだ。

「やばい」

口中で呟きながらベッドの前まで走っていくと、上に乗り上げるようにして身体を伸ばし、ベッドヘッドに付随する棚の中からスマートフォンを取り出した。

間に合うよう願いながら慌てて電話に出ると、予想どおり、第一声で怒られる。

『遅い！』

そのスマートフォンは、パブリックスクール時代の先輩であるアシュレイから渡されているもので、彼の連絡先だけが登録された専用電話だ。つまり、神出鬼没で所在の摑(つか)めないことで有名なアシュレイに、ユウリは、いつでもアクセスできる特権を持っているということである。

ただ、多くの人間にとって垂涎の的であるそのスマートフォンも、優越感や野望など世俗的な感覚とは無縁のユウリには、なかば重荷だ。

もちろん、支払いはアシュレイがしているため、ユウリは、ただ持っていればいいだけなのだが、使われる頻度を考えると、もはや「保管している」と言ったほうが正しいくらいである。

しかも、気まぐれのようにたまに鳴る電話にすぐさま出ないと、こうして理不尽に怒られるのだ。

高飛車に言い放ったスマートフォンの主が、続けて言う。

『――ったく。かけても、かけても、電話に出ないって、お前は、チョモランマの頂上にでも住んでいるのか？』

「違います」

真面目（まじめ）に答えたユウリが、「すみません」と謝った。

「捜すのに時間を取られてしまって」

『へえ』

ユウリの言い訳に対し、アシュレイが意地悪く指摘する。

『捜すのに苦労するほど大きな家に住めて、よかったな。親父（おやじ）さんに感謝するといい』

「……そうですね」

そこで口をつぐんだユウリが、内心で小さく溜め息をつく。これ以上何か言っても、墓穴を掘るだけだと諦（あきら）めたのだ。

だが、残念ながら、ユウリが口をつぐんだくらいでは、アシュレイの攻勢はやまなかった。おそらく、かなり前から電話に対する鬱憤が溜まっていたのだろう。

『だいたい、なんのために専用電話を持たせていると思っているんだ。電話は出るために持つのであって、後生大事に金庫に入れておいても意味はないんだからな?』

「そうでしょうけど、でも、使わないのに持ち歩いて、失くすのも嫌ですから」

つい反論すると、『だから』と言われる。

『失くさないよう、首からぶらさげておけ』

無茶な要求に、ユウリが小さく天を仰いでから「それより」と用向きを尋ねた。

「どうしました、アシュレイ」

『どうしましたって、何が?』

「だって、用があるから、電話してきたんですよね?」

孤高を好むアシュレイは、本当に一人が好きで、めったなことでは人を寄せつけない。

それは、特別扱いされているユウリとて同じで、自分の時間を邪魔されるととても不機嫌になるし、用がなければ、電話などいっさいしてこない。

ようやく憤懣を収めた様子のアシュレイが、『ああ』と受けて、『お前』と告げた。

『万華鏡を持っているだろう?』

「――――え?」

それまでの不毛な会話から一転、なんの前置きもなく突然核心に触れられ、ユウリは驚いて訊き返した。

「なんで、そんなこと、アシュレイが知っているんですか?」

だが、言った瞬間、愚問であることに気づく。

シモンから連絡を受けてすぐ、ユウリは、万華鏡のことを問い合わせるために、ミスター・シンに連絡している。そのミスター・シンは、もともとアシュレイと懇意で、二人の関係がとても緊密であるのを、ユウリはよく知っているからだ。

つまり、ミスター・シンに連絡した時点で、この展開は十分予測しえたはずである。

アシュレイが答える前に、ユウリはみずから回答を口にした。

「そうか、ミスター・シンに聞いたんですね?」

『聞いただけじゃない。依頼を引き継いだんだよ』

「――引き継いだ?」

意味を取り損ねて繰り返したユウリに、電話の向こうでほくそ笑む気配を漂わせたアシュレイが『そう』と楽しそうに言い直した。

『お前があの爺さんに頼んだことは、代わりに俺が引き受けることになった。――つまり、金曜日にお前が会うのは、くたばりぞこないの爺さんではなく、俺だ。できれば日にちを前倒しにして「明日」と言いたいところなんだが、俺のほうで、まだ二、三調べたいことが残っているので、日時はそのままでいい。ただ、場所は、爺さんの店ではなく、大英図書館のカフェに来い。——わかったな？』

「え——いや」

　事態を把握したユウリが、大いに焦って言い返す。

「それは、ちょっと」

『なんだ。不満だとでも言うのか？』

「そういうわけではありませんが、わざわざアシュレイに出てきてもらわなくても、別に僕は、万華鏡をどうこうしてもらおうというのではなく、万華鏡について、知っていることがあれば聞こうと思っただけですから」

『わかっている』

　理解を示したアシュレイを信じきれず、ユウリは「それに」と付け足した。

「金曜の午後にはシモンが急遽来ることになっているので、アシュレイの相手をしているわけにはいかないんです」

『——ベルジュが？』

　そこで、考え込むような口調になったアシュレイが、続けて訊き返す。

『あいつは、なんの用があって、性懲りもなくロンドンに出張ってくるつもりなんだ？』

「わかりませんけど、電話では、万華鏡のことで話があると、けっこう深刻な口調で言っていましたから、シモンの話を聞いたうえで、この万華鏡の処理について、いろいろと考えてみようと思っています」

『ほお。「処理について」、ね』

その言葉に重大な意味を見出したらしいアシュレイが、『それなら、そもそも』と話の核心に切り込んだ。

『お前は、ミスター・シンに、何を尋ねるつもりだったんだ？』

「それは、その……」

言うべきか。

黙っているべきか。

ここで、アシュレイの気を引くようなことを教えるのは危険であったが、すでに、アシュレイが万華鏡に興味を示しているなら、話そうが黙っていようが、さして差はないように思えた。

下手に誤魔化して強硬手段に出られても困るし、何より、こうしてせっかくアシュレイと繋がっているのだから、博覧強記な彼の見解を聞いてみるのも悪くないだろう。

そこで、意を決したユウリが、告げる。

「僕が知りたかったのは、万華鏡に人の魂を封じるような例が、これまでにあったかどうか、です」

第三章　ナアーマ・ベイの挨拶（あいさつ）

1

金曜日。

午前中の授業を終えたユウリが急ぎ足で大学構内を横切っていると、ふいに背後から声をかけられた。

「ねえ、君、ちょっと」

だが、最初は自分にかけられた声とは思わず、ユウリはそのまま行き過ぎようとする。

それに対し、「――ねえ、君」と声は続き、さらに、「だから、そこの煉瓦色（れんがいろ）のダッフルコートを着た君のことだけど」と具体的に言われたところで、ハッとして足を止めた。

振り返ったユウリに、後ろから追いついてきた若者が言う。

「よかった。気づいてくれて」

親しげに言われるが、ユウリには見覚えのない顔だ。

中東系の風貌をしていて、浅黒く精悍な印象の青年である。背は、ユウリよりは高かったが、シモンやアシュレイほどスラリとしているわけではない。

「……えっと」

ユウリが戸惑った目で見つめ返すと、安心させるようにニコリと笑い、相手は告げた。

「心配せずとも、僕たちは初対面だよ。それでもって、僕は、ナアーマ・ベイという。この学生で、二年生だ」

簡単な自己紹介をしたベイは、自分の言葉を証明するために、ポケットから学生証を取り出してユウリに見せた。

「ほら」

たしかに、ロンドン大学の学生で、ユウリと同じ二年生であるようだ。

チラッと見おろしたユウリが、尋ねる。

「それで、ベイ。初対面の君が、僕になんの用？」

「もちろん、一つには友達になりたいというのがあって、……なんたって、君、いつも華やかなメンバーと一緒にいるだろう。遠くから見ていて、ずっと羨ましいなあと思っていたんだよ。――ま、単純にミーハー心が働いたってことかな」

言うわりに、ユウリは、相手がさほどミーハーではないような印象を受けた。むしろ、自分自身に確固たる意味を見出(みいだ)しているタイプだ。

　ユウリが黙っていると、ベイは勝手に話を進めた。

「あと、もう一つ、実はこっちのほうが重要なんだけど、君が持っている万華鏡(カレイドスコープ)に興味があって、声をかけさせてもらったんだ」

「――万華鏡?」

「うん。この前、君、図書館の前で万華鏡を見ていただろう?」

　おそらく、オニールに声をかけられた日のことだ。

　言われてみれば、人のまばらな構内のベンチに、彼に似た人物が座っていたようにも思えたが、はっきり顔を見たわけではないため、断言はできなかった。

「たしかに、見ていたけど」

　ユウリが認めると、ベイが勢い込んで告げた。

「あの万華鏡って、ちょっと前にネットオークションに出品されていなかった?」

「ああ、うん」

「それでもって、最終的に法外な値段で落札されたんだよな?」

「そうだけど、よく知っているね」

　驚くユウリに、ベイが「――実は」と内緒話でもするように教える。

「僕も狙(ねら)っていたんだ」

「君も？」

意外そうに訊き返したユウリに、「そうだよ」とベイが頷く。

「だって、珍しい形をしているし、万華鏡って、さすが鏡が使われているだけはあって、壊れやすく、古いものは見つかりにくいんだよ」

「そうなんだ？」

知らなかったユウリが感心していると、ベイが「それにしても」としみじみ言う。

「たかが万華鏡にあれほどの高値をつけるなんて、いったいどこの大金持ちが手に入れたのかと思っていたけど、まさか、君だったとはね。——さすが、フォーダム博士の息子だよ」

とたん、ユウリがハッとして相手の顔をマジマジと見つめる。

「——君、僕の名前を知っているんだ？」

まだ名乗っていなかったにもかかわらず、彼はユウリがレイモンド・フォーダムの息子であることを知っていた。

実を言うと、ユウリ自身は目立たない存在だし、さして有名になる要素はなかったが、父親は違う。英国子爵であるレイモンド・フォーダムは、世界的に有名な科学者で、遺伝子工学と地球環境科学の分野で、それぞれ博士号を持っていた。もともとは、荒廃した土地での農業を可能にするために遺伝子の研究を始めたのであったが、各地でフィールド調査を繰り返すうちに地球環境の激変に触れ、それも研究対象に取り入れた。

やがて、綿密な調査と科学的根拠に基づいた研究成果を発表すると、それが学術的に高い評価を受け、今ではオピニオン・リーダーとして、欧米のシンクタンクや多国籍企業から動向を注目されるまでになっていた。

「まあね」と受けたベイが、教える。

「君の名前が知りたくて、いつも君たちが集まっているカフェで訊いたら、すぐに教えてもらえたよ。けっこう有名人のようだね。――まあ、本当に有名なのは、もちろんアーサー・オニールだけど、みんな、オニールの親友として、君のことを認識していた」

「へえ」

自分の名前が、見ず知らずの人間に知られているなど思ってもみなかったユウリは、ちょっと怖くなって周囲を見まわした。今まであまり考えなかったが、有名になるというのは、こういうことなのだろう。昨今は、盗撮も簡単で、個人情報の無責任な流出は地球レベルである。

自分の知らない人が、自分のことを知っている。そして、自分が意識していないところで、さまざまな目が彼の言動を追っているのだ。

考えれば考えるほど、気味が悪い。

それを思うと、オニールやユマ、父親のレイモンドなど、テレビ出演もあるような有名人は、みんな、常に知らない誰かに見られる日々を送っているわけで、その神経のすり減り方は常人には想像もできないだろう。

それなのに、ケロリとしていられる、あの強さはどこから来るのか。

ユウリの態度が硬化したのを敏感に察したらしい相手が、「なんか、悪かった」とすぐさま謝る。

「変に嗅ぎまわったりしないで、最初から、こうして直接訊けばよかったね。——でも、いちおう断っておくと、別にストーカーみたいに訊いてまわったわけではなく、思い立って、そのへんの奴に『あれ、誰？』って訊いたら、すぐに教えてもらえたんだ」

「あ、うん」

ユウリが、表情を和らげて応じる。

「君のことをどうこう考えていたわけではなく、不特定多数のことを考えていただけだから、気にしないで。——それより、万華鏡の話に戻るけど、僕が万華鏡を持っているとして、君は、どうしたいの？」

「そうだな」

軽く首を後ろに引いたベイが、「可能なら」と続けた。

「譲ってほしい。——と言いたいところだけど、あの金額を思うと、さすがに譲ってくれとは言えないし、同じ額で買い取るというのも、たぶん無理なので、できたら、しばらく貸してもらえないかなって」

「貸す？」

意外な提案に、ユウリが興味を惹かれて訊き返した。

「貸すって、借りて、どうするつもり？」

「納得がいくまで、研究する」

「研究？」

またまた意外なことを聞かされ、ユウリが不思議そうに首を傾げる。

「研究って、何を？」

「それは、まあ、いろいろと」

最後はなんとも曖昧に応じた相手に、ユウリは、ふいに違和感を覚えた。それまでは特に悪い人間には思えなかったのだが、その瞬間、相手の中に、陰のようなものを垣間見た気がしたのだ。

ユウリが言う。

「そうだね。場合によっては貸すことは可能かもしれないけど、君のこと、まだよく知らないし、あの万華鏡は僕にとって大事なものなので、申し訳ないけど、ここで簡単に『うん』とは言えない」

「ああ、まあ、そうだよな」

苦笑したベイが、「それなら」と尋ねる。

「どうしたら、信頼してもらえるんだろう？」

「わからないけど、それ以前の問題として、今は、事情があって、貸すわけにはいかないんだ」

「――事情？」

「うん」

「たとえば、どんな？」

興味を惹かれた様子で訊き返してきた相手に、ユウリが、さっき彼が言ったのと同じ理由を使う。

「それは、まあ、いろいろと」

答えたところで、ユウリのダッフルコートのポケットでスマートフォンが鳴り出した。

ハッとしたユウリが、「あ、まずい」と言って、スマートフォンを取り出しながら、ベイに言う。

「ごめん。実は、このあと、人と待ち合わせをしていて、急いでいるんだ。だから、もう行くね」

挨拶の途中から駆け出しつつ、電話にも出る。

「――アシュレイ？」

とたん、背後のベイが、ピクリと身体を揺らして反応した。その黒褐色の瞳に浮かんだ暗い焦燥――。

もちろん、ユウリは気づかない。

それどころか、ベイの存在すら忘れて、電話口で響いた不機嫌そうな声に意識を集中する。

『だから、遅い！』

「すみません、今、向かっています」

『向かっている、ね』

呆れた口調で繰り返し、アシュレイが誤魔化しようのない事実を突きつける。

『ピザ屋の出前か。ずいぶんと呑気なことをほざいているようだが、俺の気のせいでなければ、待ち合わせの時間はとっくに過ぎている』

「ああ、すみません。えっと」

理由を説明しようとしたが、その前に釘をさされた。

『気をつけろ、ユウリ。言い訳によっては、俺は、今すぐ席を立つからな』

「…………」

ユウリは、必死で言い訳を考えながら、待ち合わせ場所である大英図書館への最短距離を選んで、狭い路地を走り抜ける。

「……実は、チョモランマの頂上に引っ越したんです」

『笑える』

即座に応じたアシュレイが、『で』と訊き返した。

『実際は？』

「知らない人に呼び止められました」

『まさか、観光案内をしていたとか言わないだろうな？』

「言いません。道も訊かれていません。訊かれたのは、万華鏡のことです」

『――万華鏡？』

そこで、初めて真剣に話を聞く気になったらしいアシュレイが、『それは』と言いかけたが、その時、ふいにユウリの背後で車が急ブレーキをかける音がしたため、会話が途切れた。

こんな狭い道に車が入ってきたことに驚いたユウリが振り返るのと、バンの扉が開いて中から飛び出してきた青年が、ユウリを羽交い絞めにして口を乱暴に押さえたのが同時だった。

その手には白い布があり、つんとした薬品臭が鼻をついた。

「な――」

当然、ユウリは抵抗しようと試みるが、がっちり押さえ込んでくる腕を振りほどくことができず、ややあって意識が遠ざかる。

その際、持っていたスマートフォンが弾け飛び、道に落ちて止まった。

ぐったりしたユウリの身体を、バンの中に押し込んだ青年が、運転席の男に向かって「出せ！」と命令する。

ほぼ同時に、車が急発進し、あっという間にその場から走り去った。

あとには、まだ通話中のスマートフォンが、しゃべり手のないまま、道の上にポツンと残されていた。


数分後。

人けのない路地にアシュレイが現れ、道端に落ちていたスマートフォンを拾いあげると、電源を切ってあたりを見まわした。

黒いロングコートの裾が、吹き過ぎた寒風を受けてはためく。

大英図書館のカフェにいたアシュレイは、電話の向こうでただならぬ気配がしたのを受け、現場に急行した。

ユウリの居場所はスマートフォンの位置情報でとっくにわかっていたので、ものの五分で辿り着いたが、時すでに遅く、ユウリの姿は跡形もなく消えていた。

状況から考えて、何者かに連れ去られたのだろう。

誰が。

なんのために。

そして、用があるのは、モノか、人か——。

底光りする青灰色の瞳を細めて状況を検分していたアシュレイは、ややあって、スマートフォンでどこかに電話しながら呟いた。

「どっちであれ、俺のものを横から掻っ攫うとは、いい度胸をしている——」

やがて、繋がった電話の相手に一言、二言、命令すると、踵を返し、その場をあとにした。

2

同じ日の午後。

約束の時間に少し遅れてフォーダム邸に到着したシモンは、迎えに出てきたのが異母弟のアンリ一人であるのを見て、少し不思議そうな顔をする。

「あれ、ユウリは、まだ戻ってきてない？」

「うん。朝食の時、今日、帰宅する前に寄るところができたから、もしかしたら、兄さんとの約束に遅れるかもしれないと言っていたし」

「ふうん」

若干不満そうに相槌を打ったシモンが、続けて訊く。

「ちなみに、どこに寄るかは訊かなかったのかい？」

「訊かなかったよ。――なに、訊くべきだった？」

「いや」

否定はしたものの、シモンは、白皙の面を翳らせて考え込む。

もちろん、ユウリにもいろいろと事情はあるのだろうが、正直、とても珍しいことだと思ったのだ。

あまり自惚れるのもよくないとは思うが、ユウリは、基本、シモンと過ごす時間を何よりも大事にしてくれていて、その前に他の予定を入れるなどして約束の時間に遅れるようなことは、これまでほとんどなかった。

ただ、まったくないかといえば、何かに夢中になっていて、うっかり時間が過ぎているというようなことは、逆によくあることなので、一概に変だともいえない。

とはいえ、それは、あくまでも「うっかり」であり、その太平楽さはユウリらしいといえるのだが、あえて予定を入れて遅れるというのは、やはり珍しく、シモンは少し気になっている。

そんなシモンの様子を見て、先に立って応接間に向かいながら、アンリが小さく苦笑した。

「そんな、あからさまにがっかりしなくても」

「がっかりはしていないよ。ちょっと意外に思っているだけで」

「遅刻が?」

「他の予定を入れたことが、だよ。あまり、ユウリらしくない」

「ふうん。——まあ、兄さんがそう言うならそうなんだろうけど、だとしたら、ユウリも大変だ」

「なぜ?」

「兄さんのハード・スケジュールに振り回されることになるわけだから」

「――ああ、たしかにそうだけど、今のところ、嫌がっているようには見えないから、別にいいだろう」

言い返したシモンが、応接間のソファーに腰をおろしながら「それに」と続ける。

「言っておくけど、アンリ、僕は、お前の様子を見に来てもいるんだよ？」

「はいはい」

一人掛けソファーに、胡坐をかくように両足を乗せたアンリが、「そのへんは心配しなくても」と応じる。

「きちんと、いい子にしているから」

「そのようだね」

今や、アンリはフォーダム邸にとって、なくてはならない存在になっていた。特殊な環境で生まれ育ったアンリに、少し人たらしの気があるのはわかっていたが、短期間でこれほどフォーダム邸に馴染むとは、正直、予想外である。

よほど、気質が合うのか。

この調子で行くと、将来、フォーダム夫妻がこの家に戻って来ても、そのまま居座り続けそうである。

どこか浮かない様子のシモンに、アンリが訊く。

「それはそうと、例の万華鏡に問題があるんだって？」

急な来訪の理由を簡単に知らされていたアンリに、シモンが深く頷いた。

「しかも、かなり深刻なんだ」

「へえ」

興味を惹かれつつ、アンリが「それなら」と応じる。

「もしかして、そのせいだったのかな」

「そのせいって、何が？」

異母弟の言葉の意味を取りあぐねたシモンが不審そうに訊き返すと、アンリが「実は」と報告する。

「ユウリ、帰国してから、なぜか、あの万華鏡をずっと持ち歩いているんだ」

「持ち歩いている？」

シモンが眉(まゆ)をひそめて確認する。

「持ち歩いているって、大学にも持っていっているということかい？」

「そう」

頷いたアンリが、両手を開いて続ける。

「いくら気に入ったからといって、あんな玩具(おもちゃ)を大学にまで持っていくのはどうかと思うし、もちろん、友達に見せるために初日に持っていったりするくらいなら、気持ちはわかるんだけど、どうも、ユウリの様子からして、自慢するために持ち歩いているわけではなく、ただ、ユウリが持っていたくて肌身離さず持ち歩いている感じなんだ」

「肌身離さず……か」

それは、さすがに変だとシモンも思う。

もちろん、優しいユウリのことだから、マリエンヌとシャルロットが苦労して手に入れたプレゼントを大切にしようとしてくれているのかもしれないが、それだって、部屋に置き場所を作って大事に保管しておけばいいだけの話で、わざわざ持ち歩く必要はない。

それを、あえて持ち歩くには、何か理由があるはずだ。

そこで、シモンはふと、万華鏡の値段について話していた時、ユウリが奇妙なことを口にしていたのを思い出す。

ユウリは、あの時、最後にこんなことを言っていた。


——いろいろ、いろいろな事情を、、、昇華、、するためにも、遠慮なくもらうことにしようかな。


（いろいろな事情を昇華する……）

その時は、妹たちがやらかしたさまざまな失態のほうに気を取られてしまい、深く考えたりはしなかったが、あの件だけを差して言うなら「彼女たちのためにも」で十分なわけで、そこをあえて「いろいろな事情」と表現した真意はなんだったのか。

シモンは、自分が何か肝心なことを見落としているような気がして、落ち着かない気持ちになる。

そんなシモンに、アンリが言った。

「それにしても、ユウリ、帰ってこないね」

「——ああ」

チラッと時計を見たシモンが、確認のメールをするためにスマートフォンを取り出した時だ。

ふいに廊下のほうが騒がしくなり、この家の管理を任されている執事のエヴァンズの声が響いてきた。

「申し訳ありませんが、ユウリ様はただいま不在で——」

だが、相手は、エヴァンズの制止などまったく耳に入らない様子でズカズカ歩いてくると、ノックもせずに応接間のドアを乱暴に開けて侵入してきた。そして、何事かと身構えたシモンとアンリの前に、その居丈高な姿を堂々とさらす。

長身瘦軀で、闇を切り取ったかのように全身黒ずくめの男。その中で、底光りする青灰色の瞳だけが、妖しく輝いている。

相手を認めたシモンが、信じられない思いでその名を呼ぶ。

「──アシュレイ？」

同時に、シモンの背後にいるアンリが、「あんた──」と呆れた声をあげるのが聞こえた。

そんな二人を順繰りに見たアシュレイが、最終的にシモンに視線を据え、招かれざる客とは思えない傲岸不遜な態度で言い放つ。

「やっぱり、いたな」

それから、シモンの手元を見て高飛車に命令する。

「ああ、先に言っておくが、ユウリにメールをするつもりなら、やめておけ」

そこで、最初の驚きから回復したシモンが、完璧に整った顔をしかめて応じる。

「いきなり、なんなんです。──そもそも、なぜ、貴方がここに？」

兄の台詞に、アンリが付け足した。

「呼んだ覚えもないし」

とたん、鋭い目でジロッと睨んだアシュレイが、言い放つ。

「番犬は、主人がいいと言うまで、黙っていろ」

「誰が──」

いきりたって言い返そうとしたアンリを、シモンが「いいから、アンリ」と片手をあげて黙らせた。

アンリの気持ちはよくわかるが、今は、それ以上に嫌な予感がしてならない。ユウリがいないのに、アシュレイがいる。それは、ユウリとアシュレイが同時にいなくなること以上に、危険な兆候であるはずだ。

「貴方がここにいるのは、まあ、すでにいるのだからしかたないとして、アシュレイ、今しがた、貴方は、ユウリにメールをするなとおっしゃいましたね？」

「ああ、言った」

シモンが、状況を分析しながら問いかける。

「なぜです？」

「そりゃ、命取りになりかねないからだよ」

「命取り？」

なんとも物騒な言葉に、水色の瞳を細めたシモンが真剣に問いつめる。

「——それは、どういう意味です。命取りって、まさか、今この瞬間にも、ユウリの命が危険にさらされているとでもおっしゃる気ですか？」

3

「——いや」

アシュレイが、立ったまま、人差し指を振って否定する。

「すぐさま命が危ないかどうかは知らないが、もし、その危険があるとして、唯一の命綱を断つような真似はするなと忠告している」

「命綱、ね」

シモンが声を荒らげて問いつめる。

「だったら、ユウリはどこにいるんです。いったい、何があったんですか？　——というより、今度は何を企んで」

畳みかけるように問いつめようとしたシモンを遮り、アシュレイが一言で片づける。

「連れ去られた」

「——連れ去られた？」

「ああ」

「誰にです？」

「それがわかっていたら、こんなところに来ると思うか？」

とたん、二人の会話を聞いていたアンリがカッとして立ちあがり、シモンの制止を振り切って「ふざけんな」と詰め寄る。

「なんだよ、それ！」

「だから、誰に連れ去られたかは、わからないと言っている」

バカにするように当たり前のことを説明し直したアシュレイに、アンリが「そうじゃなく！」と主張する。

「その時、あんたも一緒だったんだろう。——だったら、相手の特徴くらい覚えてないのかって言ってんの！」

非常事態とも言うべき情報をもたらしたのだから、アシュレイもその場にいたと考えて然るべきで、アンリは、そのことに怒っていたのだが、事実は違う。

険呑な目を向けたアシュレイが、躍りかかる勢いだったアンリの胸倉を摑んで壁にガンと押しつけると、「お前は、まだわかっていないようだが」と内なる憤懣をぶつけるように右手の人差し指を突きつけた。

「俺と一緒にいて、ユウリが誰かに連れ去られるようなことは起こりえない。あるとしたら、俺の死体が転がっている時だろう。——ただ、いくら俺でも、電話の向こうの相手までは守ることができない」

そこで、アシュレイに視線をやったシモンが、若干冷静になって訊く。

「ああ、だから、命綱なんですね？」

「そうだ」

認めたアシュレイは、アンリを乱暴に解放すると、ポケットから取り出したスマートフォンを見せながら「あいつは」と説明する。

「俺と電話している最中に連れ去られた。その時に使っていたのが、このスマートフォンだ」

手の中のスマートフォンを振り、「これは」と説明する。

「拉致(らち)されたと思われる現場に落ちていたんだが、これが残されていたということは、ユウリを連れ去った人間は、あいつが、これとは別に携帯電話を持っているのに気づいていない可能性がある」

「そうか」

すぐに理解したシモンが、「それなら」と続ける。

「ユウリがいつも使っている携帯電話の位置情報を調べれば、おのずとユウリの居場所がわかることになる」

「そういうことだ。――だが、携帯電話の存在に気づかれたらアウトで、しかも、お前と約束をしていたなら、すぐに応えられるよう、あいつにしては珍しく携帯電話の着信音が鳴るように設定しているかもしれない」

「たしかに」

頷いた時には、シモンはすでに自分のスマートフォンで電話をかけ始めていて、繋がった相手に挨拶もなく告げた。

「パスカル。緊急事態だ。至急、ユウリの携帯電話の現在地を調べてほしい。それと、着信音が鳴らないように、君のほうで操作できるかな?」

それに対し、パブリックスクール時代からシモンの右腕として知られた優秀なジャック・パスカルは、事情を尋ね返したりするよけいな手間はかけず、『了解(ダコール)』の一言だけで、直ちに行動に移ってくれた。

シモンが全幅の信頼を置いているこの友人は、昔から数学の天才として知られ、現在はシモンと同じパリ大学で、めきめきと頭角を現し始めている。

その彼には、こういった非常事態に備え、いつでもユウリの携帯電話にアクセスできる権限を持ってもらっていた。

もちろん、ユウリ本人の了解を得たうえでのことである。

そんなシモンの行動を見ていたアシュレイが、一度、電話が切られたところで、「ふうん」とおもしろそうに言った。

「なるほど、パスカルね。どうりで、最近、ユウリの携帯電話のガードがやたらとハイレベルだと思ったよ。——だが、自分でやらず、そうやって第三者を介在(かいざい)させているというのは、もしかして、お前自身がストーカーにならないためか？」

それは幕間（まくあい）に繰り出したただの嫌味であろうが、正直、心当たりがないわけでもないシモンが、両手を開いて応じる。

「僕の場合、貴方と違って良識があるので」

すると、鼻で笑ったアシュレイが、「だが」と言い返した。

「そのおかげで、俺は、かなり有力な情報を手にすることができたぞ」

「有力な情報？」

「ああ」

そこで、パスカルからの返事を待つ間、アシュレイはソファーに居丈高に座り、それまでの経緯を簡単に説明する。

「そもそも、ユウリが俺との待ち合わせに遅刻したせいで、俺は、あいつが連絡手段として持って出たはずのスマホを遠隔操作で起動させ、位置情報を追う必要に迫られた。なんたって、持っているのはあいつだが、あれは俺の所有物であれば、あえてウイルスなど仕込まなくても、いつでも自由に操作できるわけだから」

必要もなにも、シモンが良識をもってやらずにいたことを、なんのためらいもなくやっただけのことである。それに、今の言い方だと、「所有物」というのが、スマートフォンなのか、スマートフォンを持っているユウリなのかは、微妙なところであった。

澄んだ水色の瞳でシモンが冷ややかに見つめる先で、厚顔無恥(こうがんむち)な元上級生は、悪びれた様子もなく続ける。

「そうしたら、なぜか、あいつは、待ち合わせ場所に急ぐでもなく、大学構内で立ち止まったままその場を動こうとしないので、いったいどんな油を売っているのかと思い、今度は録音をオンにして様子を探る羽目になった」

「録音?」

「ああ。この場合、カメラを起動させても、ポケットの中が映るだけなんでね」

そういう問題ではない。

アシュレイはなんてことなく言ったが、アンリと顔を見合わせたシモンが、「つまり」と事実を明確にする。

「ユウリを盗聴したんですか?」

「ああ」

「犯罪ですよ?」

シモンは大いに憤慨して指摘するが、残念ながら、アシュレイにはまったく響かない。

「それが?」と返し、堂々と主張する。

「さっきも言ったが、そのおかげで、いくつかわかったことがある。――正直、厚手のコートのせいで、その場で聞いてみても摩擦音に邪魔されて、何をしゃべっているかまではわからなかったんだが、あいつが拉致されたあと、録音された音源を専門家に送って解析させたら、なんとか、人の声だけを抽出することができた」

　そこまで聞けば、さすがに良識云々などと言ってもいられなくなったシモンが、「それで？」と興味を惹かれて訊き返す。

「何がわかったんです？」

「いなくなる直前、ユウリは、『ナアーマ・ベイ』と名乗る男に声をかけられたようで、その男の目的は、ユウリが持っていた万華鏡にあったようだ」

「万華鏡――？」

　いったいどういうことかと驚くシモンとアンリに、アシュレイは、解析の結果、クリアーになったユウリとベイの会話を聞かせた。

　聞き終わったところで、アンリが言う。

「……研究って、どういうことだ？」

「それはわからないが、ここで俺がユウリに電話をし、二人は別れた」

「その直後に、連れ去られたわけですね？」

「ああ。――ただ、だからといって、ユウリの拉致に、こいつが関係しているかどうかまでは、まだわからない」

「そうですね」

考え込んだシモンが、顔をあげて尋ねる。

「この、『ナアーマ・ベイ』というのは、本当にロンドン大学の学生なんでしょうか？」

「それは、間違いない。少なくとも、そういう名前の学生がいるのは、確かだ」

さすが、短い時間で、調べられる限りのことをよく調べあげている。

「そうですか。それなら、最初の疑問に戻りますが、どうやら、ユウリが僕との約束の前に会おうとしていたのは貴方のようですが、今回は、なんの用事でユウリを呼び出したんですか？」

それに対し、アシュレイが青灰色の瞳を揺らめかせて応じる。知略を巡らせているような油断のならない、だが、蠱惑的な瞳である。

「万華鏡だよ」

「――万華鏡？」

「ああ。お前たちが、あいつにやったやっかいなプレゼントと言えば、もっとわかりやすいか」

「やっかいって……」

人が友人にプレゼントしたものを形容するにしては好ましくない表現だが、現状を考え合わせれば、そう強くも否定できない。それをいいことに、アシュレイが、これでもかと追い打ちをかけた。

「もっと言ってしまえば、お前らは、キリストの誕生を祝う日に、よりにもよって、のちのち背負うことになる十字架を差し出したんだ。そういう意味では、本当に、お貴族サマは気が利いている」

「それはどうも」

誉められていないとわかっていながらありがたく受け止めたシモンが、「ただ、そうは言いますが」と問いかける。

「だいたい、なぜ、あの万華鏡が、そんなに問題になるんです？」

それから、反応を窺うようにアシュレイを見すえ、「もしや、あれが」と付け足した。

「盗品だからですか？」

「……へえ」

アシュレイが、少し意外そうに問い返した。

「お前は、あれが盗品だと知っているのか？」

「ええ」

「それなのに、あいつにくれてやった？」

「まさか」

シモンが完璧に整った顔をしかめて、嫌そうに答える。もちろん、ありえないと知っていてわざと刺激しているのはわかっていたが、それでもつい踊らされてしまうのが、アシュレイのあざとさなのだ。

「残念ながら、渡したあとでわかったので、今日は、そのことを伝えに来たんですよ。謝罪と回収を兼ねて」

「なるほど」

どうでもよさそうに相槌を打ったアシュレイが、「だが、それなら、そもそも」と問いかける。先ほどから、互いに質問し合ってばかりで、この場はほとんどキツネとタヌキの化かし合いのようになっていた。

「なぜ、お前たちは、あれほど非常識な値段をつけてまで、あの万華鏡を手に入れようと思ったんだ？」

「それは――」

あまり触れられたくない部分に触れられ、シモンがアンリと雄弁な視線を交わした。

その様子を眺めながら、アシュレイは疑いを濃くして続ける。

「正直に言わせてもらうと、ただのクリスマス・プレゼントにしては笑えないほどバカ高いし、それ以前に、あれに、玩具としての価値以外になんの意味も見出していないのであれば、目の肥えたベルジュ家がつける値段とはとうてい思えない。あんなバカげたことをやるとしたら、ネジの緩んだ成金くらいのものだろう」

まさに、そのとおりで、あの落札価格はベルジュ家にとって汚点である。はっきり言って、人を小バカにすることに無上の喜びを見出しているような男に内実を知られたくないのは事実だが、だからといって、ここで変に誤魔化して、すでにややこしくなっている話をさらにややこしくし、ユウリの身に迫る危険を回避できなくなっても困るので、シモンは、不本意ではあったが、正直に打ち明けることにした。

「高額になったのは、ちょっとした手違いです」

「手違い？」

疑わしげに応じたアシュレイが、青灰色の目を細めて訊き返す。

「……まさか、こんな時に、桁を打ち間違えたとか言わないだろうな？」

「それは、ノー・コメントにさせてもらいます。まあ、一口にベルジュ家と言っても、しっかり者からおっちょこちょいまでいろいろな人間が揃っていますので、時には、信じられないようなミスも起こるとだけ言っておきます」

「へえ」

アシュレイが、珍しく同情めいた表情を浮かべ、なんとも言えなそうに確認する。

「――つまり、本当に、ただの間違いなのか？」

「はい」

シモンがはっきりと認めたので、アシュレイが「それなら」と皮肉げに呟いた。

「あいつのところにあの万華鏡が行ったのは、本当に偶然だったわけだな。――いや。むしろ、その偶然こそ、必然なのか」

「あいつ」というのはもちろんユウリのことで、意味深な呟きを聞き逃さなかったシモンが、すっと表情を硬くし、「それで、アシュレイ」と問題の核心に切り込む。

「貴方こそ、『やっかい』とわかっている万華鏡を使ってまで、ユウリに何をさせるつもりだったんです?」

するとその質問が来るとわかっていたらしいアシュレイが「ふん」と鼻で笑い、意表を突く事実を告げた。

「逆だよ」

「逆?」

「そう。万華鏡のことで訊きたいことがあると言ってきたのは、ユウリのほうだ」

「ユウリが?」

訊き返したシモンが、とっさに否定する。

「まさか」

「嘘(うそ)じゃない。——もっとも、最初は俺ではなく、ミスター・シンに連絡したんだが」

「ミスター・シン……?」

そこで、額に手を当てて考え込んだシモンが、「ああ、もしかして」と苦悩の表情を浮かべて言った。

「ユウリは、最初にあの万華鏡を手にした時から、何かおかしなことを感じ取っていたということか」

「え？」

アンリが、驚いてシモンを見つめた。

「それじゃあ」

「うん。そう考えると、いろいろなことに合点がいく。ユウリが、値段を知ってからもあの万華鏡を引き取りたそうな素振りを見せたのも、こっちに戻ってからずっと持ち歩いていたのも、マリエンヌとシャルロットのためだけではなく、万華鏡にまつわる、何か別の理由があったんだ」

シモンとアンリが、そうして一つの解答を得た時だ。

シモンのスマートフォンが着信音を響かせ、フランスにいるパスカルから待ちに待った連絡が入った。

画面をスライドしたシモンが、言う。

「ユウリの居場所が、わかりました」

すでに立ちあがっていたアシュレイが、何も言わずに応接間を出ていく。

そこで、念のため、アンリをその場に残すことにしたシモンも、アシュレイのあとを追って、すぐにその場を立ち去った。

4

光の中で、ぼんやりと誰かが動いているのが見えた。

だが、意識を向けようとすると頭がズキンと痛み、それ以上何かすることを放棄してしまう。

今はまだ、夢うつつの海に沈んでいたい。

せめて、この痛みが頭から引くまで――。

そんなユウリの耳に、話し声が聞こえてくる。

おそらく、部屋の中に、ユウリ以外にも人がいるのだろう。それは、気配として感じ取れるが、決してホッとできるような類いのものではない。むしろ、赤の他人が話しているような、なんとも言えない素っ気なさがあった。

もっとも、それらすべてが夢の中の出来事のようで、まるで実感が湧かない。

「――まったく、無粋だね。君は、いつもこんな手しか考えられないのか？」

「文句を言うなよ。時間がなかったんだ。あんただって、アレが、あの男の手に渡るのはまずいと思ったはずだ」

「そうかもしれないが、だからといって、こんな乱暴なことをするというのは、僕には解せない。……かわいそうに、彼は、何も悪いことをしていないんだよ。それなのに、こんなひどい目にあって。――だいたい、僕は、一目見て、彼とは仲よくしていこうと思ったんだ」

「仲よくね」

バカバカしそうに応じた相手が「大学生にもなって」と吐き捨てた。

「友達とか言って、気持ち悪くないか？」

「別に。僕は君とは違うから。彼なら、きっと友達になれる。――なんて、まあ、それはともかく、話を戻すと、こういう荒っぽい手段に出るのは、あくまでも他に手がない時だと、再三言っているだろう。なぜなら、この手のことは、やるとなったら徹底的にやる必要があるからだ」

そう言った時の声には、それまでの穏健な様子とは打って変わって残忍な響きが籠もっていて、まるで、拷問を始めたら、相手が音をあげてもまだ続けるべきだと主張しているようであった。

同じように感じたのか、少し怯んだように黙り込んだ相手が、「……だけど」と話題を逸らした。

「それにしても、わからないな。本当に、こんなものに悪魔を呼び出す秘密が隠されているのか？」

「さあねえ。判断するには、情報が少な過ぎる。――ただ、少なくとも、ニューサム伯爵は、死んでもこの万華鏡を手放す気がないのは確かだ」

「死んだら、さすがに手放すだろう」

「わからないぞ？」

そこで、しばし空隙ができたあと、「ちきしょう」と一人が苛立たしげに言う。

「全然、合わない！」

「焦るなって。時間はたっぷりあるんだ」

「わかっているが、イライラするんだよ。さっきから、いろいろな言葉を試しているのに、どれもマッチしない。――いっそのこと叩きつけて壊しちまうか」

言葉と同時に、ガタンと大きな音がする。その音に反応し、横たわるユウリの身体がピクリと揺れた。

だが、それに気づいた様子はなく、もう一人の男が慌てて止めに入る。

「バカ！　乱暴なことをするんじゃない！」

それから、その場に小競り合いのような荒々しい気配がして、一人が、もう一人を厳しくたしなめる。

「――ったく。君は、その短気を直す必要があるね」

「なんだよ、偉そうに」

「別に偉ぶるつもりはないが、君が、あまりにも後先を考えなすぎるから、黙ってもいられなくてね。――いいか。わかっていないようだが、この手の古い万華鏡があまり残っていないのは、君のような単細胞が今みたいに乱暴に扱うことで、鏡が割れてしまうせいなんだ。つい忘れがちだが、万華鏡の肝は、中に設置された鏡なんだからな。それが割れたら元も子もないし、もし、そこに僕たちが知りたい秘密が書かれていたとしたら、君はどう責任を取るつもりなんだ。すべては、鏡と一緒に粉々になっちまうんだぞ？」

そこまで考えていなかったらしい相手が、ふてくされた声音で小さく謝る。

「――悪かった」

それから、気を取り直して訊く。

「だけど、それならどうするんだよ。七文字のランダムなアルファベットの組み合わせなんて、腐るほど存在するんだぞ？」

「たしかに、天文学的な数字だな……」

改めて、比較的冷静なほうが考え込み、その場を沈黙が支配した時だ。

「う……ん」

小さくうめき声をあげ、部屋の中央を占めるベッドに寝かされていたユウリが覚醒(かくせい)した。

　まず目に入ったのは、見慣れない天井だ。安っぽい電気が煌々とあたりを照らす黄ばんだ天井。

　そのそばでは、古いタイプのファンがゆっくりと回っている。

「やあ、フォーダム。気がついたかい？」

　ぼんやりしているユウリに対し、横合いから声がかけられ、ユウリは、寝転んだまま顔を横に向けた。

　そこに、どこかで見たことのある顔があった。

　浅黒い肌に、黒褐色の瞳。

　中東系の精悍な顔立ちをした青年は、心配そうな表情でユウリのことを覗き込み、さらにユウリの前髪を軽く指で梳きながら問いかけた。

「大丈夫か？　気分はどうだ？　——僕の知り合いが乱暴なことをしたみたいで、本当に申し訳ない」

　それに対し、目を何度か瞬かせ、少し考えていたユウリが、記憶の底からその名前を導き出す。

「——ナアーマ・ベイ？」

「そう。よかった。記憶は確かのようだな。——まったく、奪うのは万華鏡だけでよかったし、それが駄目でも、せめてリュックだけを奪えばいいものを、マーカスの奴、何をトチ狂ったのか、君を拉致したりして、さぞかし怖かっただろう?」

ユウリに対する乱暴な行為は謝ったものの、犯罪行為そのものは決して否定していない相手は、むしろ不気味であったが、それより何より、ユウリは、話の途中に出てきた名前に心当たりがあって、小さく呟く。

「マーカス?」

それから、視線を動かし、ソファーに座ってふてくされている青年を見て、その名を呼んだ。

「——マーカス・フィッシャー」

5

マーカス・フィッシャーは、ここのところ、ユウリとは縁のある人間だ。

ただし、それは決して歓迎されるようなものではなく、もし、イギリスに縁切り寺があったなら、とっとと駆け込みたいところである。

というのも、短絡的な彼は、以前、ユウリたちをライフルで脅し、かつ、シモンにケガを負わせたし、この前などは、悪霊に取り憑かれていたとはいえ、包丁でユウリを殺そうとしている。

アシュレイの話では、彼は、ある秘密結社の一員で、どうやら悪魔を呼び出すためのアイテムを探し求めているようなのだが、残念ながら基準としている情報が不正確で、妖精や幽霊が起こす霊障まで、悪魔のせいにしかねない。

おそらく霊感は皆無で、仮に魔術書を手に入れても、悪魔や天使を呼び出すのは難しいように思われた。それよりは、彼の中にある欲望が仇となり、悪魔やら悪鬼やらに付け込まれてさんざんな目にあいそうなタイプだ。

実際、前回が、まさにそのいい例である。

ベッドの上で起きあがったユウリが、マーカスに向かって「どうも」と挨拶した。

だが、まさかこの状況で挨拶されるとは思っていなかったマーカスが、眉をひそめて問う。

「――お前、状況がわかっているのか?」

「えっと……、いや」

目覚めたばかりのユウリが素直に言って、煙るような漆黒の瞳を周囲に向ける。

屋外に面した窓とドア。

反対側には浴室へと続く扉があって、同じ並びにトイレもある。

側面はクローゼットになっていて、二十畳ほどの室内にはベッドとソファーセット、それにテレビも備えられているところからして、安モーテルの一室か何かだろう。

ざっと見当をつけたところで、ユウリは訊いた。

「ここは?」

「――そんなこと、言うと思うか?」

「わかりませんけど、それなら、僕は、なぜここにいるんですか?」

すると、おもしろそうにユウリを観察していたベイが、横から口をはさんだ。

「もしかして、覚えてないのか?」

「何を?」

視線を移したユウリに、ベイが教える。

「さっきも言ったように、君は、乱暴者のマーカスに薬を嗅がされて気絶させられ、ここに連れてこられた」

「――はあ」

言われてみれば、そんなようなことを聞いたし、朧にではあったが、その時の記憶も思い出しかけるが、そもそも、そんなことをする目的がわからない。

そこで、やはり素直に尋ねた。

「なぜ？」

「それは、君がここに連れてこられた理由を訊いている？」

「そう」

すると、ベイが少しがっかりした様子で、「君」と言う。

「僕が言ったことを、何も聞いていなかったんだね」

どうやら、すでにヒントはあったようだが、目覚めてすぐは、頭に霧がかかったようにぼんやりしていたので、正直、覚えていない。

「ごめん。聞いていなかったかも」

ユウリが認めたので、小さく溜め息をついたベイが、改めて教える。

「だから、万華鏡のせいだよ」

「万華鏡――」

言われてようやく、ユウリは先ほどベイがそんなようなことを言っていたことを思い出し、さらに、テーブルの上に置いてあるユウリのリュックが荒らされ、くだんの万華鏡がマーカスの手中であることに気づく。

「ああ、そうか」

つまり、拉致される前に、ユウリに万華鏡を貸してほしいと頼み込んだベイは、ユウリがどう答えようと、一瞬たりとも待つ気はなかったということだ。

「少しわかってきたかも……」

呟いたユウリが、考える。

どうやら、この万華鏡は、マーカスや、マーカスの仲間たちが欲するようなものであるらしい。

一緒にいるベイも、同じ穴のムジナと考えれば、結論は一つだ。

「もしかして、二人は、その中に悪魔が潜んでいるとでも考えている?」

とたん、ベイがマーカスと視線を交わした。

その様子からして、核心をついたらしい。

マーカスが、興奮して主張する。

「だから、言っただろう。こいつは、アシュレイから情報を得ていたんだ。――というより、きっと、アシュレイに命令されて万華鏡を落札したんだ」

だが、マーカスよりかなり冷静なベイが、「いやいや、君」と呆れたように指摘する。

「自分の言っていることが矛盾しているって、わからないか？」

「矛盾？」

わかっていなかったらしいマーカスがきょとんとした顔つきになったので、ベイが「よく考えてみろ」とどこか軽蔑したように教える。

「ニューサム伯爵がアシュレイに、この万華鏡を取り戻してほしいと頼んだのは、万華鏡が落札されたあとだ」

「――ああ、そうか」

ようやくおのれの推理のほころびに気づいたらしいマーカスが、不満そうに言い返す。

「だけど、それなら、なぜ、アシュレイの手下であるこいつが、万華鏡を落札したんだ？」

「そこだよ」

ベイが、指をあげてポイントを示し、マーカスからユウリに視線を移して問う。

「一番の謎は、君が、どんな理由があって、この万華鏡に、あれほどの高値をつけてまで落札する必要があったかなんだ」

「――え」

まさか、そんな根本的な質問をされるとは思ってもみなかったユウリが、とっさに返事につまる。

もちろん、正直に話してもいいのだが、彼らのように、人を強引に連れ去ることにさしたる罪悪感を持たないような連中に、ベルジュ家について軽々しくあれこれ話したくはない。話すにしたって、マリエンヌとシャルロットの名前だけは、絶対に口にしたくなかった。

答えに迷うユウリに、ベイが「まあ」と言う。

「万華鏡を持ってアシュレイに会いに行こうとしていたことを考えれば、多少なりとも事情に通じているのは間違いないわけだが、問題は、どこまで君が、この万華鏡の価値を知っているか、なんだ」

「――価値？」

ユウリが、意外そうに訊き返す。

仮に、この中に悪魔がいたとして、そこに価値を見出す人間が、世の中にどれほどいるのだろうか。

少なくとも、ユウリ自身は、そんなものに価値を見出さない。それどころか、そうと知っていたら、絶対に手を触れようとは思わないだろう。

君子、危うきに近寄らず――。

だが、彼らのような人間は、自分たちが価値を認めているものには、万人が同じ価値を見出すと思いがちだ。

ベイが、「そう」と頷いて続ける。

「あと、いつ頃、知ったか」

「……いつって」

「あるいは、なぜ、知りえたのか」

質問のたびに顔を少しずつ近づけてきたベイが、ユウリの目と鼻の先まで迫ったところで、「もしかして」と彼の中にあった疑惑をぶつけた。

「君、ニューサム伯爵と知り合いなのか？」

「――ニューサム伯爵？」

初めて聞く名前に対し、ユウリが「いや」と首を横に振りかけたが、早トチリをすることにかけてはかなり才能を発揮するマーカスが、「そうか！」と合点して言った。

「お前、ニューサム伯爵から万華鏡のことを聞いていたんだろう。それで、絶好のチャンスが巡ってきたと思い、破格な値段で手に入れた」

「だから――」

何一つ当たっていないことを、どう伝えたらいいのか。

迷ううちにも、マーカスが、「だとしたら」とさらなる虚構を繰り広げる。

「気難し屋のニューサム伯爵から、この外殻(がいかく)の鍵(かぎ)を解くキーワードについて、何か聞いているんじゃないか⁉」

「キーワード……？」

　ユウリは、ニューサム伯爵のことすら知らないのに、そのニューサム伯爵しか知らないようなキーワードなど、知るわけがない。

　ただ、言われてみれば、万華鏡を観察していた一つ年下のオスカーが、この変わった外殻は、暗号錠になっているのではないかと言っていたのを思い出す。

　だが、まさか、本当にそうだったとは、驚きである。

　ユウリが、首を振って否定する。

「僕は、何も知りません」

「本当に？」

「本当です。ニューサム伯爵のことも知らないし、そもそも、この万華鏡に、そんなに価値があるとは、思ってもみませんでした」

「なら、なぜ、手に入れようとしたんだ？」

「それは、気に入ったから」

　たぶん、マリエンヌとシャルロットが思ったはずの答えを言ったが、もちろん、信じてはもらえない。

「バカ言うな。気に入ったくらいで払う金額じゃないだろう」

「そうですけど、あれ、実は、桁を間違えただけで、本当は、七百ユーロで落札するつもりだったんです」

「は？　桁を間違えただって？」

マーカスが呆れたように言って、怒りを爆発させる。

「そんなアホみたいな言い訳が通用すると思っているのか⁉」

「言い訳ではなく、事実です」

「お前、いい加減に――」

言いながら物騒な様子で立ちあがったマーカスを片手で押さえ、ベイが「まあまあ」と間に割って入る。

「とりあえず、こう言っているのだから、信じてあげようよ。彼なら、桁の打ち間違えくらいやりそうだし」

それはそれで、けっこう失礼な言い様であったが、カッカしているマーカスをなだめてくれたので、ユウリは気にしないことにする。

ベイが、「それなら」と尋ねる。

「たしか、ネットの写真では箱がついていたはずだけど、箱のほうに、何かヒントになりそうなものはなかった？」

「箱……」

ユウリが少し考え、ベルジュ家でも誰も何も言っていなかったことを思い出し、覚束（おぼつか）なげに答える。

「……たぶん何も」

「いや、そんなはずはない！」

ふたたび、マーカスがいきりたつ。

「絶対に、どこかにヒントがあったはずだ！」

「だけど、本当に――」

ユウリが言いかけるが、いい加減、イライラが最高潮に達したらしいマーカスは、従来の短気さを存分に発揮して、ユウリに摑みかかってきた。

「おい、乱暴するなって」

ベイが止めに入ったが、「お前こそ、甘やかすな！」と言ってそれを振り切ると、ユウリをベッドの上に押し倒して馬乗りになり、細い首を絞めつける。

「いいか、隠そうたって、そうはいかないぞ。いいから、正直に答えろ。でないと、本気で後悔することになるからな！」

「――でも、僕は」

圧迫してくる腕の下で苦しげに息をしながら、ユウリが主張しようとした時だ。

バンッ、と。

派手な音をたてて部屋のドアが開き、そこに二人の人間が立ちはだかった。

一人は、まるで地獄の底から湧いて出てきた悪魔のように全身黒ずくめで冷え冷えとしていて、もう一人は、ブルーグレーの淡いコートを着た立ち姿が、降臨した大天使のごとく神々しい。

言わずと知れたアシュレイとシモンである。

「ア、アシュレイ——⁉」

真っ先にその名を叫んだマーカスに対し、ベイが「……アシュレイだって？」と興味深そうな目を向ける。ただ、アシュレイともシモンとも面識のないベイには、すぐには、どっちがどっちかはわからない。

そんなベイを底光りする青灰色の瞳で見てから、ユウリをとらえているマーカスに視線を移し、アシュレイが言う。

「これは、これは、道化者のマーカス・フィッシャーじゃないか」

その隣では、やはりマーカスとユウリの姿を目にしたシモンが、「ユウリ」と叫んで走り寄ろうとした。

だが、そんなシモンを牽制（けんせい）するように、マーカスが引き起こしたユウリを盾にして二人を脅す。

「来るな！　こいつにケガをさせたくなければ、来るんじゃない！」

とはいえ、たしかに腕の中には人質としてユウリがいるものの、特に武器を持っているわけでもなく、脅すべき材料のないことに気づいたマーカスが、せわしなくあたりを見まわした。

脅しが脅しとして通用するのに必要なもの——。

そんな彼の目に、テーブルの上にある果物ナイフが飛び込んでくる。

ハッとしたシモンの前で、ユウリの首に片腕を回したままもう片方の腕を伸ばし、マーカスがそれを取ろうとした、次の瞬間——。

目にも留まらぬ速さで動いたアシュレイが、テーブルをガンと蹴って果物ナイフの位置をずらし、間一髪の差で取り上げる。

それから、遅れて伸ばされたマーカスの手の上に、容赦なく振り下ろした。

その行動に、躊躇いというものはいっさいない。

アシュレイの意図を察して止めようと動いたシモンであったが、間に合わず、そばで見ていたベイも、とっさに目を背けて惨劇に備えた。

が——。

いつまで経ってもマーカスの悲鳴は聞こえず、ゆっくりと視線を戻す。

すると、目の前に、振り下ろした手をマーカスの手の上でピタリと止めているアシュレイの姿があった。

まさに、切っ先が肌に触れる寸前のところだ。

ただし、切っ先の下にあるのは、マーカスの手ではない。

マーカスの手に重ねられたユウリの手だ。

というのも、それより一瞬前、アシュレイが本気であるのを見て取ったユウリは、考えるより先に動いて、マーカスを庇(かば)っていた。あれほどの勢いで振り下ろされるナイフの下に手を出すなど、無謀以外のなにものでもない。本来なら、間違いなくユウリはケガをしていたはずだし、下手をすれば、ユウリの手を貫通し、庇おうとしていたマーカスまでケガをした可能性がある。

そうならなかったのは、ひとえに、野生動物並みに研ぎ澄まされた動体視力と反射神経を持つアシュレイのおかげである。

そのアシュレイが、青灰色の瞳で険呑にユウリを見た。

もちろん、彼はあまりに無茶なことをするユウリのことを本気で怒っていて、その表情のまま冷たく問う。

「——何を考えている、ユウリ?」

「何も」

答えたユウリが、「ただ」と付け足した。

「血を見るのは、嫌だなって……」

それは、ある意味、アシュレイとの距離感を捉えた絶妙な答えだ。

しかし、「——へえ」と受けて目をすがめたアシュレイは、何を思ったか、いきなりユウリの手の上で無情にもナイフを横に引いた。当然、せっかく無傷ですんでいた手の皮膚が裂け、焼けつくような痛みが襲う。

「つっ」

条件反射で小さく声をあげてしまったユウリであったが、抗議はしない。

傷とも言えない傷からは、血が一滴も流れておらず、そのことが、アシュレイの意図を明確に物語っているからだ。彼の邪魔をすれば、誰であれ、制裁の対象となりうる。それは、相手がユウリであっても同じということだ。

ただ、中には、そんな暴挙を認めない人間もいる。

その筆頭であるシモンは、ユウリに危害が及んだのを見て、澄んだ水色の瞳に苛烈な光を浮かべると、アシュレイを含めたすべてのものから守るように、友人の華奢な身体を引き寄せて背後に庇った。

同時に、アシュレイに向かって猛烈に抗議する。

「何を考えているんです、アシュレイ!」

「何が?」

「とぼけないでください。ユウリにあえてケガを負わせるなんて——」

だが、言ったところで、もちろん、アシュレイには響かない。つまらなそうにユウリを顎で示すと、素っ気なく言い返した。

「文句なら、そいつに言え」

「は？」

理不尽な言葉に顔をしかめたシモンに対し、まだまだ足りないとばかりに、さらなる理不尽さを見せて、「だいたい」とのたまう。

「お前がそうやって甘やかしてばかりいるからつけあがるんだ。ケガをさせたくないなら、もっとよく教育しろ」

なにが頭にくるかと言って、アシュレイ自身が、ユウリの無謀な行動を無意識に予測していたことである。これが、出会って間もない頃であれば、絶対にナイフを止めるようなことはなく、その勢いのまま、確実にユウリの手とマーカスの手をまとめて刺し貫いていたはずだ。

だが、アシュレイは、ギリギリのところで攻撃の手を止めていた。

その意味することとは――。

舌打ちしたい気分で憤懣を吐き出したアシュレイは、そんな己の感情に見切りをつけるかのような乱暴さで手にした果物ナイフをシモンに向かって放り投げると、代わりに渦中の万華鏡を取り上げ、じっくりと観察し始めた。

話に聞いていただけのものを、ようやく実際に見ることができたわけである。

「なるほど」

アシュレイが、小さく呟く。

「これが、ニューサム伯爵の万華鏡か。思っていたより大きいな。それに」

言いながら、手の上の万華鏡を何度か軽く跳ねさせて続ける。

「若干重い……?」

今や、この場を支配しているのは間違いなくアシュレイで、マーカスもベイもすっかり抗う気力を失い、呆然と敵方のやることを眺めている。

「ふうん」

ある程度考えがまとまったらしいアシュレイが、最後に言った。

「——まさに、百聞は一見にしかず、か」

それから、オブジェクト・ケースを外してつぶさに調べ、覗き窓のまわりもチェックする。そうやって、対象物を分解しながら観察する姿は、まさに精密な時計を研究するスイスの時計職人のようである。

この男の手にかかれば、そこにあるどんな些細なヒントも見逃されることはない。

そんな彼の知性きらめく青灰色の瞳は、今、そこに何を見て、どんな結論を導き出そうとしているのか。

　他の四人が、それぞれ、困惑や怒りや興味や恐怖を抱いて見守っている前で、もう一度「ふうん」と満足そうな声を漏らしたアシュレイが、手の中で回した万華鏡を持ったまま、軽やかに踵を返してドアに向かった。

　もちろん、出ていこうとしているのは誰の目にも明らかで、そのあまりの唐突さに「……え、あれ？」と声をあげたユウリが、シモンと顔を見合わせてから、慌ててベッドを降り、荷物をまとめてあとを追う。

　その間、部屋を横切るアシュレイに、ベイが話しかけた。

「おい、ちょっと待ってくれないか。まさかと思うけど、これで終わりにする気じゃないだろうね？」

「不満か？」

　底光りする青灰色の瞳で流し見されたベイが、「いや、別に不満ではないけど……」と消極的に主張する。今しがたの一幕で、アシュレイの容赦のなさは十分学ばせてもらっていたので、つい腰が引けたのだろう。それでも、話しかけられただけ勇敢なほうで、マーカスに至っては、放心したまま、まだ自分の殻に閉じこもっている。

　ベイが食い下がる。

「なあ、頼むから、ちょっと聞いてくれ。いろいろと手違いはあったかもしれないけど、僕たちも、その万華鏡には、大いに興味を惹かれているんだ」

「――それが?」

「いや、だから、そうやって持ち去られてしまうと、困るわけで」

するど、ドアの前で振り返ったアシュレイが、なんとも面倒くさそうに応じた。

「知るか。そもそも違法な手段に出たのはお前たちで、俺たちがそれに付き合ってやる必要がどこにある。この場所が見つかった時点で、ゲームオーバーだろう」

アシュレイの口から出るにしては、嘘くさいほどまっとうな意見であるが、まだアシュレイに慣れていないベイは、納得したようだ。

「ああ、まあ、たしかに、君の言うとおりだな。引き留める理由はない。――だけど、それなら、せめて教えてくれないか。そもそもどうやって、君たちはこれほどの短時間でこの場所を突き止めることができたんだ?」

それは、種明かしをしてしまえば、実に単純なことであったが、もちろん、それほど親切でも甘くもないアシュレイは、非現実的な一言で片づける。

「テレパシー」

「――え?」

驚いたのはベイだけでなく、一緒に「え?」と声をあげたユウリが後ろから「嘘ですよね?」と問いかけるのを無視し、アシュレイは、シモンにユウリを連れて外に出るよう顎で指示した。

そんなアシュレイに向かい、ベイが未練たっぷりに訊く。

「だったら、最後に一つだけ――。君は、それを、本当にニューサム伯爵のところに持っていくつもりなのか？」

「だとしたら、なんだ？」

「いや」

アシュレイを前にして完全に戦意を喪失しているかと思いきや、案外能天気な口調でベイが続ける。

「もしそうなら、今度は、彼から直接奪うという手もあると思ってね」

アシュレイが、一瞬、異なものでも見るような目で、初めて会ったばかりの青年を見つめた。彼にしても、この青年のテンションには違和感を覚えずにはいられなかったのだろう。

ややあって、どうでもよさそうに答える。

「好きにすればいい。別にわざわざ宣言してもらわなくても、俺の仕事は、これをあの爺さんのところに届けた時点で終わるんでね。そのあと、あの爺さんや万華鏡がどうなろうと、知ったこっちゃない」

「――つまり、君自身は、この万華鏡には、いっさい興味がないと？」

最終確認であったが、シモンに付き添われて外に出ていくユウリの姿を横目で追ったアシュレイは、「そうは言っていない」と否定し、小さく笑って付け足した。

「興味は、もちろんあるさ。——大いに、ね」

第四章　Devil's Scope（デヴィルズ スコープ）

1

ユウリが意外そうに繰り返し、申し訳なさそうにしているシモンとアンリの顔を交互に見る。

「盗品？」

アシュレイを伴ってフォーダム邸に戻ってきたユウリとシモンは、やきもきしながら待っていたアンリを交え、すっかりこんがらがってしまった話を整理し始めたのだが、その冒頭で、シモンが来訪の目的を告げ、ベルジュ家を代表して謝ったところである。

「そうなんだよ。本当に申し訳ない」

「別にシモンたちが悪いわけではないから、謝らないでほしいけど、でも、本当に盗品だったんだ？」

「うん。間違いなく」

暖炉のそばのソファーにゆったりと座ったシモンが、ざっと経緯を説明する。

「先日、本来の持ち主を名乗る人物から照会があって、念のため、うちのほうで調べてみたら、たしかに、盗難届が出されていることがわかった」

そこで、ユウリが訊く。

「それって、もしかして、ニューサム伯爵？」

「――ああ、うん、そうだね」

何か思うところがあるように受けたシモンが、澄んだ水色の瞳でチラッとアシュレイを見てから答える。

「たしかに、盗難届を出した人の名前はニューサム伯爵になっていて、きっとそれについては、アシュレイのほうが詳しいのではないかと思う」

「あ、そうかもしれない」

ユウリが頷いて、アシュレイに視線をやった。

マーカスとベイの話の中で、アシュレイは、ニューサム伯爵という人物の依頼で万華鏡を取り戻そうとしていることになっていたのを思い出したからだ。

すると、一人掛けソファーに居丈高に座って彼らの会話を聞いていたアシュレイが、

「まあ」と応じた。

「お前たちの言うとおり、この万華鏡は、もともとニューサム伯爵の所有物で、屋敷に泥棒が入った際、他の貴重なコレクションと一緒に盗まれたものだ。その後、万華鏡だけが単品でネットオークションに出品されたことを知ったが、時すでに遅く、行方がわからなくなっていた。それで、伯爵は、狙ったものは必ず手に入れることで有名な俺に、万華鏡を見つけ出して取り戻すよう泣きついてきたんだ」

「ということは、アシュレイは、ニューサム伯爵と親しかったんですか？」

　ユウリの素朴な疑問に対し、アシュレイが皮肉げに笑って答えた。

「俺に連絡を取ろうと試みてから実際に会えるまで半年もかかるような奴が、か？」

「――半年⁉」

　驚くユウリとは違い、アシュレイという人間が実に捕まえにくい相手であるのを熟知しているシモンが、納得しながら「だとすると」と指摘する。

「さぞかし条件のいい見返りがあったのでしょうね？」

　損得勘定に長けたアシュレイは、利益のないことには見向きもしない。奉仕の精神など欠片も持ち合わせていない彼からすると、ユウリのように人のために無償で何かできる人間は、馬鹿や間抜けのくくりに入るのだ。

　当然、ニューサム伯爵からもそれなりの報酬があってこそ、頼み事を引き受ける気になったはずだ。

ただ、彼にとっての利益とは、必ずしも現世利益に限らず、退屈を紛らわせてくれるような珍しい現象の解明なども含まれている。さらに言えば、何か一つなどと謙虚な心構えではなく、一挙両得を狙うことも多々あった。

アシュレイが、悪びれた様子もなく「当然」と認める。

「くたばりぞこないの爺さんというのは、えてして魂の救済を求め、それまでがむしゃらに追求してきた現世利益を放棄したくなるものだからな」

「なるほど」

つまり、放棄したくなった財産の分与にあずかるつもりらしい。

頷いたシモンが、「でも」と穿った考えを示す。

「今のお話からすると、なんとしても取り戻したがっているというこの万華鏡は、伯爵にとって、現世利益ではなく、むしろ魂の救済に繋がることになりそうですが……」

アシュレイが、底光りする青灰色の瞳を細めてシモンを見た。その瞳の奥でどんな考えを巡らせているかは計りしれない。――ただ、何か核心を突くものがあったのは確かなようで、彼は、そのままシモンの発言を無視する形で、「ちなみに」と問いかけた。

「さっきの言いようから察するに、万華鏡のことでお前のところを訪ねてきたのは、ニューサム伯爵ではなかったわけだな?」

「……ええ、違います」

無視されたことの意味を考えつつ、シモンは続ける。

「とはいえ、僕はニューサム伯爵という方に一度もお会いしたことがないので、絶対に違うと断言はできませんが、少なくとも、名乗った名前は違っていました。うちに照会をかけてきた男は、『パヴォーネ・アンジェレッティ』と名乗り、見た目は、壮年くらいと考えていただけたらいいかと」

「それなら、間違いなく別人だ。ニューサム伯爵は、今ではベッドから起きあがるのも一苦労なほど老衰しているからな。――それにしても、そうか、『パヴォーネ・アンジェレッティ』ね。なかなか、おもしろい」

何がおもしろいのか、口元だけで笑ったアシュレイが、そのことにはもう興味を失った様子で、「――で」と言って、ユウリに視線を移した。

「問題は、お前だ、ユウリ」

「……僕？」

ふいに注目を浴びてどぎまぎするユウリに、手にした万華鏡を突きつけて、アシュレイが問いつめる。

「そう。お前が、この中に見ているのは、いったいなんだ？」

「――ああ、えっと」

ユウリが了解しつつ、少し困ったようにそばにいるシモンとアンリを意識した。

考えてみれば、そのことでアシュレイと会うことになっていたわけだが、できれば、シモンやアンリには知られたくなかった話題である。

だが、そんなユウリの戸惑いに気づいたシモンが、意外なことを言う。

「それについては、僕とアンリもとても興味があるし、もっと言ってしまえば、異変に気づいた時点で教えてほしかったよ、ユウリ」

「——え？」

ユウリが、驚いたようにシモンを振り返って問い質した。

「もしかして、知っていたんだ、シモン？」

「そうだね」

「いつから？」

とたん、若干不機嫌そうな顔つきになったシモンが、「さっき」と白状する。

「アシュレイから聞いて、知った。——もちろん、できれば、君の口から聞きたかったけれど、今回に限っては、僕が気づいて然るべき場面があったことを思えば、君ばかりを責めることはできない。——僕のミスだ」

「そんな」

ユウリが、慌てて弁護する。

「別に、シモンは悪くないよ。ロワールの城にいた時に言わなかったのは、その時点での見立てでは、特に危険を感じるほどのものではなかったから、家に戻ってゆっくり対処すればいいと判断したんだ。——それに、できれば、マリエンヌとシャルロットには知られたくないという思いがあったし」

「そうだろうね」

シモンがやはり申し訳なさそうに応じたので、ユウリはもう少し慰めの言葉を続けようとしたが、二人のやり取りなどどうでもいいアシュレイが「謝罪ごっこはあとにしてもらうとして」と二人の会話を一刀両断にし、「いいか、ユウリ」と話を進めた。

「お前が、この中に何を見ているかは知らないが——」

すると、アシュレイに視線を戻したユウリが、話の腰を折る形で答える。

「女性です」

「女性？」

「はい。テレイドスコープで風景を眺めていると、時々、無数に広がる景色の中に、女性の姿が見えるんです。しかも、いつも同じ女性であるとは限らず、何人かいるような気がします。……きれいな人ばかりで」

「なるほど、女性ねえ……」

意味ありげに青灰色の瞳を細めたアシュレイを見て、興味を惹かれたシモンが問いかける。

「なんです？」

「いや、最近こそ、あまり聞かなくなったようだが、ニューサム伯爵には、近隣住民に忌み嫌われていることを示唆する呼び名があってね」

「呼び名？」

「その名もずばり、『青髭公』だ」

「……『青髭公』」

感慨深げに繰り返したシモンの背後で、ソファーの背もたれに腰かけて一緒に話を聞いていたアンリが、小さく口笛を吹いた。ある程度、その内情が窺い知れる呼び名だったからだ。

シモンが、皮肉げに確認する。

「もしかして、そのニューサム伯爵という方は、気に入らない妻を殺して地下牢にでも飾っていらっしゃるのですか？」

「さあ？」

楽しげに首を傾げたアシュレイが、「詳細はさておき」と答えた。

「俺が調べたところでは、二十世紀中葉、あの死にぞこないがまだ現役バリバリだった時代に、奴のまわりでは、女性が数名、行方不明になるという事件が立て続けに起きている」

「女性が行方不明に？」

「ああ」

ユウリが、驚いて問いかける。

「そんな事実があるなら、なぜ、もっと問題になっていないんですか？」

「もちろん、奴が貴族だからだろう」

「貴族だから？」

伯爵と子爵の違いがあるものの、同じ貴族の称号を持つ家に生まれたユウリには、それはかなり衝撃的な事実だった。

「貴族というだけで、そんなことが許されるなんて、まさかそんなこと――」

「あるわけがないって？」

ユウリの希望を打ち砕くように、アシュレイが「バカも休み休み言え」と否定する。

「むしろ、大ありだろう。いつの時代も、権力者というのは、権力の使い方を心得ているものだからな。でもって、当時のイギリスはまだ、地方に行けば、特権階級としての貴族が幅を利かせていた時代で、ニューサム伯爵も、女性の失踪に関わっている疑いはあったものの、捜査されるには至らなかった。

その頃、ヨーロッパはファシズムの台頭とナチスの進軍で混乱を極め、島国であるイギリスにも戦争の影が差してきた暗い時代であったため、たいした地位のない女性の一人や二人消えたとしても、誰も深く事件を追及することはなく、まして、相手が伯爵の地位にあれば、まずもって、取り調べをしようなどという根性のある警察官は存在しなかったんだろう。結局、事件はうやむやのまま、怪しい呼び名だけが残る結果となった」

「そんな——」

絶句するユウリの横で、現代の特権階級に属しているシモンが、淡々と告げる。

「となると、教訓無き『青髭公』といったところですかね」

「ああ」

「でも、ニューサム伯爵が女性の失踪に関わっていたとして、その女性たちは、どうなったんでしょう。——本当に殺されて、屋敷のどこかに埋められたのでしょうか？」

「だから、俺は知らない」

アシュレイが、両手を開いて面倒くさそうに答える。

「相変わらず、お前たちは、俺に訊けば何でも答えてくれると図々しく思っているようだが、記録が残っていない限り、俺だってこれ以上調べようがないからな。もし、どうしても真相が知りたいなら、あの爺さんが生きているうちに詳しい話を聞きに行くことを勧めるよ。ユウリあたりが懺悔を聞いてやると言えば、きっと嬉々として話すだろう。——ただ」

そこで、ことさら強調するように右手の人差し指をあげ、アシュレイは指摘する。

「今問題なのは、彼女たちの末路ではなく、彼女たちの魂の行方だ」

「魂の行方……？」

その言葉に反応したユウリを底光りする青灰色の瞳で捉え、アシュレイが「おそらく」と言う。

「その女たちの魂は、現在、岐路に立たされているはずだ」

「岐路？」

「そう。行き着く先は、天国か、地獄か」

「天国か、地獄……」

ユウリが繰り返すうちにも、シモンが「まさか」と会話の流れから導き出せる結論を口にする。

「ユウリが万華鏡の中に見た女性たちこそ、その行方不明になった女性たちだとおっしゃるつもりですか？」

「ああ、その可能性は高いだろう」

むしろ否定する要素がないと言わんばかりの言い様に、シモンが「まあ、たしかに」と認めた。

「理論上はそうかもしれませんが、現実的に考えた場合、少し無理がありませんか？」

「そうか？」

「はい。たとえば、この万華鏡に、『イブの林檎』のように悪魔が宿っているなら、ユウリがこれを手にした時点で、もっと危機感を持ったでしょうし、この万華鏡にそういった要素がないのであれば、ニューサム伯爵の正体が悪魔か何かでない限り、ふつうの人間が、他者の魂をとらえるなんて不可能な話です」

「まあ、ふつうの人間なら、な」

根本的なところを強調し、アシュレイが「さっき、俺が」と手にした万華鏡を振りながら記憶を喚起させる。

「『ユウリがこの中に何を見ているかは知らないが』と言いかけたのは、まさにそのことを言おうとしていた。つまり、ユウリの言ったように、この万華鏡に差し迫った危険はないだろう。――が、しかし」

そこで効果的な間を置いて、続ける。

「それを追いかけているもののほうは、かなりやっかいと考えていい」

「追いかけているもの……」

そこで、ユウリとシモンが顔を見合わせる。

たしかに、事態がこんがらがってしまった要因の一つは、さまざまな人間が、この万華鏡に興味を示したことにある。

マーカス・フィッシャーとナアーマ・ベイ。

シモンが会ったという謎の紳士。

そして、万華鏡に固執している本来の持ち主であるニューサム伯爵。

ややあって、シモンがそのうちの一人の名をあげて問いかける。

「それは、ニューサム伯爵のことをおっしゃっているんですか？」

「そうとも言えるし、そうでないとも言えるが」

どっちなんだと言いたくなるような曖昧な答えを返したアシュレイが、「まず」と情報を提示した。

「マーカス・フィッシャーなんかが絡んできたことからも察せられるとおり、ニューサム伯爵は、その世界ではかなり有名な悪魔信仰者だ」

「悪魔信仰者？」

「そう。彼の著名なコレクションには、名の通った魔術書が何冊か含まれていて、泥棒の被害にあったのは、その一部と考えられている。——だが、彼を真に有名な悪魔信仰者にしているのは、そのコレクションではなく、彼が、過去に一度、実際に悪魔の召喚に成功したという噂のほうだ」

「召喚って、呼び出したんですか？」

ユウリの確認に、アシュレイが頷く。

「ああ」

「本物の悪魔を？」

「だから、そう言っているだろう」

眉(まゆ)をひそめて答えたアシュレイが、「そして」と続ける。

「その時に、なんらかの取引をした可能性が高い」

「取引……」

その言葉の意味を考えるように繰り返したユウリが、顔をあげて訊き返す。

「たとえば、どんな？」

すると、軽く口元をあげたアシュレイが、「ニューサム伯爵は」と教える。

「どう贔屓目(ひいきめ)に見ても、さして魅力的な外見をしていない。それは、若い時の写真を見ても、そうだ。性格の悪さを表すように口がひん曲がっていて、武骨さを象徴する四角い顔に、まるでカエルかと突っ込みを入れたくなるほど離れた小さい目がついている」

辛辣(しんらつ)だが、わかりやすい描写をしたアシュレイが、「そのうえ」と言った。

「傲慢(ごうまん)でナルシストで強欲な性格とあっては、女性が近寄るわけもない」

そこで、シモンが、前にアシュレイが言っていたことを引き合いに出し、「ですが」と一つの結論を導く。

「彼には『青髭公』の呼び名がある。――つまり、本人にいっさいモテる要素がないにもかかわらず、寄ってきた女性は大勢いたということで、そこに、アシュレイのおっしゃっている『取引』の要素があるわけですね？」

「ご明察（ジャックポット）」

アシュレイが万華鏡で指し示して、続ける。

「ニューサム伯爵は、おそらく、本当に悪魔と取り引きしたのだろう。なんらかの条件と引き換えに、おのれの欲望を満足させる力を得たんだ。その際、この万華鏡が、重要な役割を担ったに違いない。——つまり、これは、一種の契約の印だ」

「それなら、これは」

アシュレイが持っている万華鏡を薄気味悪そうに見おろしたシモンが、「人の手によるものではなく」と確認する。

「悪魔が作ったもの——、あるいは、魔界に属するものだと？」

「ああ。実際、ここに、悪魔を示すサインもある」

あっさり言われた聞き捨てならない言葉に、シモンとユウリが驚いて訊き返した。

「サイン、ですか？」

「しかも、悪魔の——？」

2

驚くシモンとユウリに対し、飄々とした態度のまま、アシュレイは、手にした万華鏡をクルリと反転させて手際よくオブジェクト・ケースを外してしまうと、内側の縁に書かれた文字を指し示して告げた。

「見ろ」

「どこですか?」

「この部分だ」

「──え、どれ?」

顔を近づけて覗き込んだユウリとシモンが、しばらくして声をあげる。

「あ、本当だ」

「これが……?」

たしかに、よくよく見れば、そこに、ローマ数字で「15」を表す「XV」と、「XV」を反転させた形の「VX」があり、両者の間に丸い円といくつかの記号が描かれていた。ロワールの城で検分した時には気づかなかった刻印に、一緒に覗き込んだシモンとユウリだけでなく、わざわざ立ちあがって見に来たアンリまでもが声をあげた。

「うわ、マジか」

「全然気づかなかった」

「他のことに気を取られていたこともあって、みんなして見逃したようだね」

「でも、そもそも、これがなんで悪魔のサインになるんだ？」

口々に言う彼らを前にして、アシュレイが解説する。

「覚えているかどうかは知らないが、以前、タロットカードの説明をした際に言ったように、『XV』は悪魔に振り当てられた数になっている」

「ああ、そういえば……」

アンリが頷いた。

彼の場合、タロットカードの話をした時には同席していなかったが、占いを得意とするロマの間で育った経験から、それなりに精通しているのだ。

「それに加えて」と、アシュレイが続ける。

「魔術的儀式で術者が鏡に刻印する記号を上部に記した丸を挟んで、『XV』を反転させた『VX』を描いているのが、実に興味深い。おそらく、本来は『L』で現わされる『50』を表現したものだろう」

シモンが、「反転か」と呟く。

「悪魔を反転させたとなると、もしや、天使でも表現しているんでしょうかね？」

「当然、そうだろうな。——だが、ここでは、それにとどまらず、鏡に見立てた丸を四則の記号に置き換えた場合、『かける(クロス)』を表す『・(ドット)』になり、そこに、天使と悪魔を掛け合わせた存在を透かし見ることができる」

「天使と悪魔を掛け合わせた存在……」

　そこで、顎(あご)に手を当てて少し考え込んだシモンが解答を導き出した。

「もしや、『堕天使』ですか？」

「そう。さらに、数字そのものにも意味があると考えれば、俺たちは、十五×五十＝七百五十という数字を得ることができる」

「七百五十……」

　いったい、その数にどんな意味があるのか。

　考えてみるものの思いつかなかったユウリは、諦(あきら)めてアシュレイの話に耳を傾ける。

「そこで、まず、そのオブジェクト・ケースを透かしてみると、中に十五粒の鉱石や硝子(ガラス)の欠片が入っているのが見て取れるんだが、わかるか？」

「ああ、たしかに」

　手にしたオブジェクト・ケースを光に透かして確認しながら、シモンが応じた。

「ということは、アシュレイが言うように『十五』が悪魔を示す数字であれば、これらの欠片は悪魔を形成する構成要素と考えていいわけですね？」

「そういうこった。言い換えると、分子みたいなものだな」

頷いたアシュレイが、シモンからオブジェクト・ケースをもらい受けながら「本来」と続けた。

「万華鏡は同じ映像を見ることはないと言われているが、どこかのヒマ人が、その天文学的な数字を算出したところ、二十種類の硝子片などを入れて、一分間に十回角度を変えていくと、全部見終わるのに、四千六百二十八億八千八十九万九千五百七十六年かかるという結論に達したらしい」

「四千六百二十八億？」

呟いたユウリが、「それだと」と驚く。

「一生かかっても、全部見るのは無理ですね」

だが、アシュレイは冷めた目でユウリを見流し、「相変わらず、脳味噌（のうみそ）が空だな」と容赦のない非難を浴びせた。

「言っておくが、一生は一生でも、星の一生に匹敵する。――なんと言っても、地球の誕生からまだ四十六億年しか経（た）っていないんだからな。その百倍の年月を費やしても無理だと言っているんだよ」

数字があまりに大きくて想像しきれなかったユウリが、小さく首をすくめた。

そんなユウリから視線を外し、アシュレイが、「ただ」と言う。

「今言った計算は、あくまでもパターンを追ったもので、確率的には、何度目かに同じ形を見る可能性だってゼロではない。そのことを踏まえたうえで、この『七百五十』という数字には意味があるとすれば、一つの契機とみることができるだろう」

「契機?」

ユウリが尋ね返すと、アシュレイが別の言葉に置き換えて説明する。

「何かを引き起こす、動因だ。これで言えば、悪魔を示す十五粒の欠片が五十回に一度、決まった形を作り出す。その形とは、もちろん、悪魔が力を発揮するのに必要な文様であり、それが、その瞬間、万華鏡を覗いている人間の魂を取り込む呪詛になっているとしたら、どうだ?」

「呪詛か……」

頷いたシモンが、「それなら、たしかに」と応じる。

「ニューサム伯爵のまわりで女性が消えた理由にもなりえますし、悪魔の力が及ぶのが特定の瞬間だけという条件付きであることで、それ以外の時に、いくらユウリが見たところで、ここに危険な要素を見出せなかった理由もわかります」

シモンが、話しているうちにも、アシュレイが「あと、もう一つ」とさらなる推理を展開する。

「これは、数字の持つ意味を考える際によく使われる手だが、『七五〇』を構成している三つの数字、つまり『七』と『五』と『ゼロ』を足した場合、そこに隠れている数字は『十二』になり、これは、悪魔のもとに集う魔女の数に相当する。これに首領の悪魔を足した『十三』という数字が、一つの魔女集団(コヴェン)を構成する人数になるからな。——その考えを前提として、もし、この万華鏡の中に十二人の女の魂を集めることができたら、これをニューサム伯爵に与えた悪魔は、伯爵の欲望を満たす代わりに、楽をして、十二人の女の魂を手に入れることができるという構図ができあがる」

「つまり、アシュレイは、それこそが取引の条件だと考えているんですね？」

確認したシモンが、ふと思いついたように「そういえば」と言った。

「万華鏡の出所を探っていた時に、オークションに出品した男性と話すことができたのですが、ロンドンの骨董市(こっとういち)で見つけた万華鏡を妹にあげた彼は、そのことを後悔したそうです。というのも、ある日、万華鏡を覗いていた妹が忽然(こつぜん)といなくなり、それっきり見つからなくなってしまったらしく、警察にも連絡はしたようですが、事件性が見られないという理由から、捜索願を受理しただけでロクに捜査もしてもらえなかったと言っていました。——そんな絶望の最中に、どこか薄気味悪く思うようになった万華鏡を手元に置いておくのが嫌になり、オークションに出品したとかって」

「へえ」

興味深そうに受けたアシュレイが、「案外」と小声で推測する。

「それが、十二人目だったのか……」

ユウリが、シモンを見て問いかける。

「その妹さんって、やっぱり、まだ見つかっていないのかな?」

「たぶんね」

「気の毒に……」

同情したユウリが、「十二人か……」と呟く。

その横で、シモンが「ただ、気になるのは」と不可解そうに付け足した。

「それと、似た話を、アンジェレッティもしていたことです。まさに焼き直しといった感じでね。そのうえ、盗まれたくだりは、ニューサム伯爵のケースとそっくりでしたし」

「へえ」

「まあ、それが、今回のパターンだと言われてしまえば、それまでですが」

自分で自分の疑念にけりをつけたシモンが、「ただ、僕が思うに、アシュレイ」と主張する。

「サイン云々(うんぬん)も含め、今までのお話は、あくまでも貴方(あなた)の推測に過ぎず、本当に悪魔の仕業といえる具体的な証拠があるわけではないのですよね?」

「たしかに、そうだが」

珍しく迷うように受けたアシュレイが、「ただ、一つだけ」と続けた。

「その下にある『M．T．PATENTED』という刻印が、一つの明確な証拠になると言えばなるはずだ」

「『M．T．PATENTED』？」

文字をなぞりながら繰り返したシモンが、顔をあげて訊く。

「特許（パテント）ですか？」

「ああ。十九世紀前半に誕生した万華鏡の発明者であるスコットランド人のサー・デヴィッド・ブリュースターは、万華鏡を制作する特許を四つの工房に与えている。だが、その後、万華鏡は大衆が制作するお手軽な玩具（おもちゃ）へと変容をとげてしまい、特許の意味は完全に失われてしまったわけだが、それはそれとして、初期の頃から今までの間に、『M．T．PATENTED』と記載する工房や制作者は他に存在せず、これが、誰の手によって作られたものであるかは、わからなくなっている」

「それで、貴方は、これが悪魔が作ったものだと考えるわけですか？」

やはり根拠が薄いように感じたシモンが胡乱（うろん）げに言ったのに対し、「そうだ」と断言したアシュレイが、小声で呪文（じゅもん）のような言葉を付け足した。

「ملاك طاووس」

「――え？」

珍しく聞き取り損なったシモンが「今、なんと？」と訊き返すが、アシュレイは、底光りする青灰色の瞳を妖しく揺らめかせただけで、二度と同じ言葉を口にすることはなかった。

　代わりに、「まあ」と譲歩する。

「お前が言う通り、今回に限って、根拠は薄いかもしれない。――もちろん、俺自身は百パーセント、確信をもって話しているが、なにせ、ニューサム伯爵の言質を取るには、これを彼のところに持っていく必要があるわけで、今はこれ以上のことを話す気はない」

　冷たく突き放したアシュレイが、「というわけで」とあとの判断を委ねる。

「別に、信じられないというのであれば、それはそれでいい。俺の言葉を信じようと信じまいと、ユウリが、その中に女性の姿を見ていることに変わりはないわけで、今後、どうするか、決めるのはユウリだ。俺は、このまま、この万華鏡をニューサム伯爵に返しても まったく構わないし、その前に、お前たちが何かしたいというのであれば、その猶予くらいはくれてやる」

　そこで、急に決断を迫られたユウリが、漆黒の瞳を翳らせながら言う。

「そうですね。僕としては、どういう理由があるにせよ、ここに囚われている人たちを解放してから返したいと思っていますが、正直、その方法がわかりません」

　すると、軽く首をかしげてユウリを見おろしたアシュレイが、「それは」と楽しげに問いかける。

「もしかして、俺に教えてほしいと思っているのか？」

「えっと……」

ユウリは、そこでちょっとシモンのことを意識しつつ、正直に答えることにした。

アシュレイとのこの手のやり取りを、シモンがあまり歓迎していないのは重々承知しているが、背に腹は代えられない。それに、シモンのほうでも状況がわかっているので、今は止める気配はなかった。

「もし、何かわかっていることがあるなら、教えてほしいです」

「もちろん、わからないことはない」

博覧強記（はくらんきょうき）な男は、そう居丈高に言って両手を広げると、二人の様子を不満そうに観察しているシモンに勝ち誇った視線を投げてから、続けた。

「一つ訊くが、ユウリ、万華鏡の本質はなんだと思う？」

「本質？」

「ああ」

そこで、ユウリは顎に手を当てて考え込んだが、結局わからずに問い返す。

「わかりません。──なんですか？」

「合わせ鏡だよ」

「合わせ鏡？」

「ああ。――万華鏡の中に作り出される無限の繰り返しは、二つないし、三つ、あるいは四つの鏡を向かい合わせることで成立する。――この万華鏡の場合、三つの鏡が使われているようだが、数はともかく、合わせ鏡といえば、悪魔の通り道として有名だ」

「悪魔の通り道……」

繰り返したユウリを見おろしながら、アシュレイが「つまり」と教える。

「万華鏡の中には、悪魔が出現しやすい環境が最初から整っているということだよ。その性質を利用し、合わせ鏡の裏面に呼び出す悪魔の記号を彫り込んで結界の一つでも作っておけば、悪魔は、その空間を自由に使えるようになるだろう」

「なるほど……」

万華鏡を見おろして深く頷いたユウリが、「ちなみに」と顔をあげて訊く。

「ベイとフィッシャーは、このアルファベットの羅列が暗号錠のようになっていて、この外殻(がいかく)が外れさえすれば、この中に隠されている重大な秘密がわかると考えていたようですけど、実は、秘密がわかるのではなく、単純に、これが空間を閉じるための錠になっていて、その錠さえ外すことができたら、この中の無限空間に囚われている魂が解放されるなんてことはないですかね？」

アシュレイが、肩をすくめて頷いた。

「ありうるだろうな。――というか、俺には、それ以外の方法は思いつかないが」

なかば、からかうように付け足したアシュレイに、「でも」と、ユウリが手の中で万華鏡を回しながら悩ましげに訴えた。

「そのためには、まずこのアルファベットを正しい順序で並べないといけないわけですよね」

そんなユウリの近くで、アンリが絶望的な可能性を示唆する。

「七文字の言葉に対するランダムなアルファベットの連なりとなると、それこそ、組み合わせは天文学的な数字になるよ」

「そうだよね。わかっている。だから、困っているわけで……」

途方に暮れるユウリに対し、アシュレイがバカバカしそうに言った。

「そりゃ、当てずっぽうにやってれば、そうだろう」

「え？」

ユウリが、ハッと顔をあげて訊いた。

「『当てずっぽうにやってれば』って、当てずっぽうでなければ、どうするんです？」

「はあ？」

アシュレイが眉をひそめて答える。

「そんなの、言うまでもないことだが、ヒントを参考にピンポイントで単語を作ればいいだけのことだろうが」

「それはそうですが……」

だが、そもそも、そのヒントがどこにあるかもわかっていないわけで、ユウリとアンリが悩ましげに顔を見合わせ、そのそばで水色の瞳を細めて訝しげにアシュレイを見たシモンも、少し驚いた声音で訊いた。

「そんなことを言って、まさか、アシュレイ、貴方はもう七文字の言葉が何か、わかっているんですか？」

「当然。――というより」

アシュレイは、あまりに単純な質問をされたかのように両手を翻して豪語する。

「これを一目見てわからないお前たちのことが、俺には理解不能だ」

3

アシュレイの驚くべき発言に対し、ユウリが「え、どこに」と万華鏡を回しながら尋ねた。

「ヒントがあるんですか？」

「その覗き窓のところだ」

アシュレイが親指で示しながら答えると、シモンがすぐに、以前目にしたラテン語の言葉を空で正確に繰り返した。

「『百の目が見る（ケントゥムオクリウィデト）』ですね。――それが、ヒント？」

「そうだ。その言葉を見て、お前たちは何を思い浮かべる？」

「何って」

「……なんだろう」

ユウリが首を傾げて考え込むまわりで、ベルジュ家の異母兄弟が顔を見合わせて肩をすくめる。

ロワールの城で見た際、彼らは、覗き窓のところに書いてある銘文であれば、当然、「百の目」は、万華鏡を覗こうとする不特定多数の人間のことだと考えた。

だが、どうやら、アシュレイの見方は違うらしい。

そこで、シモンが思いつくことを即座に答えた。

「『百の目』で思い出すのは、やはりギリシャ神話に出てくる百の目を持つ巨人、『普見者(パノプテース)』のアルゴスですが、彼の名前は、アルファベット表記にした場合、七文字にはなりません」

「そうだが、ヘルメスに殺されたあと、アルゴスの百の目を移したとされる生き物が、別にいるだろう」

とたん、閃(ひらめ)いたシモンが、水色の瞳を輝かせて得心する。

「なるほど、孔雀(ピーコック)か。たしかに、それなら七文字ですね。――でも」

そこで、若干疑わしげな声になって尋ねる。

「本当に、それが答えなんですか？」

「嘘(うそ)だと思うなら、試してみるといい。俺は、根拠もなく言っているわけではないが、間違ったところで、何が起こるということもないだろう」

「まあ、そうですね」

シモンが納得したところで、万華鏡を手にしているユウリが、ダイヤル式になっているアルファベットを一つ一つ動かし、全部で七文字ある言葉を作り上げていく。

「p」

「e」

「a」

「c」

「o」

「c」

「k」

孔雀（peacock）――。

すると、最後の「k」を合わせ終わったとたん、カチッと何かが外れる小さな音がして胴体部分が開いた。

中から出てきたのは、正三角形になるように組まれてかっちりと固定されている三枚の細長い鏡だ。

アシュレイが言うところの、「万華鏡の本質」である。

そして、アシュレイの推測どおり、鏡の裏面には、見た目がなんとも美しい記号のような文字が彫り込まれていた。

「……これ、アラビア文字ですね」

「ああ」

シモンの確認に対して頷いたアシュレイが、指で鏡を動かして三面をすべて確認し、

「これは」と明言した。

「契約書のようだな」

「ニューサム伯爵が悪魔と交わした？」

「それ以外に、なにがあるっていうんだ」

「そうですけど……」

応じたシモンが、忌まわしげに呟く。

「悪魔との契約書ねえ」

「……つまり、これが、すべての元凶ってことか」

一緒に覗き込んでいたアンリが薄気味悪そうに言った横から、除霊を始めようとしたユウリが不用意に鏡に手を伸ばした。

だが、鏡に触れたところで、指先にピリッと静電気が走ったような痛みを覚え、とっさに手を離してしまう。

「――っつ」

小さくうめいたユウリに、シモンが心配そうに訊く。

「大丈夫かい、ユウリ」

「……平気。ちょっとピリッときただけだから」

「気をつけて」

シモンの言葉を受け、今度は慎重に鏡を取り上げ、ユウリはみんなから少し距離を取るように窓辺に寄ると、その場で深く呼吸した。

手の中の鏡は、思っていた以上に重い。

まるで、そこに閉じこめられているたくさんの魂の重みまで受け止めているような重量感である。

やがて、ユウリが静かに口を開く。

「火の精霊（サラマンドラ）、水の精霊（ウンディーネ）、風の精霊（シルフィード）、土の精霊（コボルト）。四元の大いなる力をもって、我を守り、願いを聞き入れたまえ」

すると、どこからともなく漂い出てきた白い光が、ふわふわと漂いながらユウリのまわりに集まってくる。そのまま、あたかも母犬に懐く子犬のように、ユウリにまとわりついて離れない。

同時に、漆黒の瞳に神秘的な光が宿り、黒絹のような髪が、風もないのにふわりと揺らいだ。

ややあって、ユウリが請願を口にする。

「鏡の位相に囚われし魂を、本来、進むべき道に戻したまえ。行く手を邪魔する者から解き放ち、安らぎの世界へと導きたまえ」

続いて、請願の成就を神に願う。

「なべて、我、ユウリ・フォーダムがここに祈願する。アダ　ギボル　レオラム　アドナイ――」

とたん。

ユウリにまとわりついていた白い輝きが、三枚の鏡が作り出す無限空間へと一気になだれ込み、一瞬後、爆発的に広がった。

ユウリが見ている前で、手の上の三角柱から目のくらむような閃光が溢れ出し、やがて臨界点を迎えたエネルギーが内側で炸裂する。

次の瞬間。

パンッと。

音を立てて三枚の鏡が弾け飛び、同時に、オーブのような白く丸い光がいくつも飛び出し、四方八方へ散って行った。おそらく、無限空間から解放された魂が、それぞれ、想いの残る地へ飛び去ったのだろう。

年月を経たため、そのまま昇華され天に召される魂が殆どであろうが、中には、囚われて日が浅く、まだ現世に強いつながりがあることで、「神隠し」のように、再び地上に現れ出られる者もいるかもしれない。

一方。

白い輝きに包まれて空間を切り裂きながら三方に飛び散った鏡からは、まるで熱に溶か

されるかのように、裏面に刻まれた文字が次第に薄れ、消えていった。

最後は、壁や柱に当たって、床の上に無雑作に転がり落ちる。もはや、なんの力も魔力も宿さない、ただのひび割れた鏡として——。

それを、アンリ、シモン、アシュレイが、それぞれ歩いていって拾いあげ、アンリがシモンを振り返って尋ねた。

「それで、これはどうすればいい？」

「そうだね」

手の中の鏡を見おろしたシモンが、「念のため」と提案する。

「粉々に砕いてゴミにでも出すかな」

「だね」

応じたアンリがアシュレイを見やれば、裏面から文字が消えたことを確認して興味を失ったのか、ポイッとシモンに向かって拾った鏡を放り投げた。

もちろん、とっさのことでもきちんと受け止めたシモンが、ふと、窓辺に立ったまま動かないユウリに気づいて呼ぶ。

「——ユウリ？」

「え？」

「大丈夫かい？　——まさか、ケガでも」

呼ばれてハッとしたらしいユウリが、心配して寄ってこようとしたシモンを押し留めるように、「ごめん、なんでもない」と言って、みずからみんなのほうに歩いてくる。だが、その様子は、決して「なんでもない」感じではなかったため、三人が三人とも、訝しげにユウリを見おろして様子を窺った。

ややあって、シモンが尋ねる。

「ユウリ、もしかして、途中で、何かあった？」

「ううん」

「でも、君、少し様子が変だよ？」

「そう？」

そこで、漆黒の瞳を翳らせたユウリが、呟くように応じる。

「大丈夫。——本当に、なんでもないんだ」

実は、ユウリは、鏡が弾け飛ぶ寸前、光の彼方で百の目が自分を見つめている幻影を見たように思った。

それが、何を意味しているのかはわからなかったし、いいことなのか、悪いことなのかも判断できずにいる。

しかも、本当に一瞬だったので、現実に見たかどうかも怪しいくらいだ。

ただ、目に焼きついて離れないイメージに、ユウリの心はかき乱されていた。

あれは、いったいなんだったのか――。

だが、そのことをシモンとアンリには悟られたくなくて、ユウリが、その場の空気を変えるように「それで、アシュレイ」と、やはり密かにユウリの様子を観察していた元上級生に尋ねた。

「こんなふうにニューサム伯爵の万華鏡を分解してしまいましたけど、このあと、どうするつもりですか？　これ、伯爵に返すはずだったんですよね？」

すると、万華鏡の外殻を取り上げたアシュレイが、「別に」と事もなげに応じる。

「今のご時世、鏡くらい、どこででもいくらでも売っているからな。別の鏡を手に入れて組み立て直して渡せば、あの爺さんは、何も知らずに大喜びするだろう」

「それは」

珍しく皮肉げな口調で、シモンが感想を述べる。

「まさに、『知らぬが至福』ですね」

「ああ。――ま、どっちにしろ、彼の行き着く先は地獄だろうが、それまでは、短い幸福感に酔いしれてもらうさ」

どこか物騒な宣言をしたアシュレイをシモンが胡乱げに見やり、その手の中にある万華鏡の外殻に目を留めたところで、「……そういえば」と思い出したように言った。

「僕が会った『パヴォーネ・アンジェレッティ』ですが、考えてみれば、『パヴォーネ』

というのは、はイタリア語で『孔雀』を意味する言葉です」

「……ああ、そうだな」

　低く頷いたアシュレイに、シモンが尋ねる。

「ということは、やはり、彼も、なんらかの形で、その万華鏡と関わりのある人物なのでしょうか？」

　すると、アシュレイは、踵を返して部屋を出ていきながら、「関わりがあるもなにも」と素っ気なく続けた。

「俺は言ったはずだ」

「何を？」

　去っていく背に向かって問いかけたシモンに、アシュレイが一度告げた事を繰り返して応じる。

「これを追いかけているもののほうは、かなりやっかいだと――」

4

「おお！　本当に取り戻すことができたんだな！」

エジンバラ近郊のニューサム伯爵邸で、アシュレイが渡した万華鏡を手にした老人は、心底ホッとした様子で顔をほころばせた。

「あれ以来、君からまったく連絡がないので、てっきり騙されたかと思って憤慨しておったんだが、さすが、アシュレイ君だ。噂に違わぬ辣腕ぶりだな」

そんな老人の喜びようを、青灰色の瞳を細めて淡々と観察していたアシュレイが、ややあって切り出した。

「それで、報酬の件だが」

「わかっておる。コレクションは、すべて君に託すので、好きに処分するといい」

だが、アシュレイは「いや」と以前に設定した条件を退けるように、「コレクションは」と主張した。

「もう、どうでもいい。あんたが処分してほしいというのなら、引き受けてやってもいいが、それほど興味を惹かれるものではないからな」

「そうなのか？」

「ああ」

　実際、前金として持ち去った一冊だけはたいへんアシュレイの気に入る逸品であったのだが、それ以外は、稀覯本としての価値はあっても、興味の対象でないものばかりだった。もちろん、売りさばけば、相当な金額になるはずだが、別に、アシュレイはお金を稼ぐことに心血を注ぐ人間ではない。

　むしろ、興味の対象は他にある。

　アシュレイが、「それより」と窓辺に移動しながら訊いた。

「いくつか、あんたに訊きたいことがある。それに答えてくれたら、残りの報酬はどうでもいい」

「――訊きたいこと？」

　警戒した表情になった相手が、ベッドに半身を起こした形でジロリとアシュレイを睨みつけた。それは、老境にある人間だけに可能な迫力であったが、そんなことで怯むアシュレイではない。「――訊きたいこととは、なんだ？」と不機嫌そうに問い返した老人に向かい、鋭く切り込む。

「一つは、あんたが、かつて召喚に成功したとされる悪魔の正体だ」

　ハッと笑ったニューサム伯爵が、不機嫌な声のまま言い返した。

「そんなこと、答えると思っているのか？」

「いや。別に、答えてもらわなくても、想像がつくと思ってね。かつてあんたが召喚したのは、『荒野の山羊』の名で知られる堕天使アザゼルだろう。――またの名を『孔雀天使』」

「……ほう」

ニューサム伯爵が、おもしろそうに顔を歪めて言った。

「なぜ、そう思う?」

「それは、あちこちに残されたヒントだ」

「ヒント?」

繰り返したところで、ハッとしたように手の中の万華鏡を見おろした伯爵が、「まさか」と震える声で問いかける。

「お前、この万華鏡に、何か手を加えたりしていないだろうな?」

「手を加える?」

わざととぼけた声で言い、アシュレイが意地悪く問い返す。

「たとえば?」

「なんでもいいが、とにかく、何かいじったりしていないかと訊いている」

「さて、どうだったかな?」

苛立った様子のニューサム伯爵から視線を逸らし、アシュレイは窓から外を眺めながら

「もし」と付け足した。

「俺が手を加えたとして、何か困ることでもあるのか？」

「――まさか」

完全に「困る」と肯定している速さで、老人は否定した。

「困ることはないが、私のものを、あれこれいじられるのはね」

と、その時。

外を見ていたアシュレイの目に、鬱蒼とした木々の向こうに辛うじて見えている通りに立って、こちらを見あげている男の姿が映った。茶色いコートを着た姿は、どこかこの世のものならぬ迫力でもって、遠近法を狂わせるような存在感を醸し出している。

一瞬、その男に気を取られたアシュレイの耳に、ニューサム伯爵が何か言う声が聞こえた。

「――だから、もう用はない。出ていってくれ」

アシュレイが、振り返って応える。

「もちろん、俺も長居をする気はない。――ただ、できれば、あんたが悪魔と交わした取引の内容を知っておきたかったんだが、どうやら、訊くまでもなかったようだ」

「――なに」

不穏な言葉にギクリと身体を硬くしたニューサム伯爵が、胡乱な様子で問い質す。

「それは、どういう意味だ？」

だが、それには答えず、アシュレイは底光りする青灰色の瞳を細めて薄笑いを浮かべると、「まあ、じきにわかるだろう」とだけ伝え、踵を返して部屋を出ていった。

あとに残されたニューサム伯爵は、ベッドの上で一人、落ち着かない気分を持て余していたが、不安が限界を迎えそうになったため、人を呼ぼうとベッドサイドの呼び鈴に手を伸ばした。

だが、その手が呼び鈴に届く前に、部屋の中で声がする。

「久しぶりだな」

ハッとして声のしたほうを見れば、いつの間に忍び入っていたのか、ベッドの脇(わき)に茶色いコートを着た壮年の男性が立っていた。

スラリと引き締まった身体つきをした品のよい紳士で、態度物腰に人を惹きつける何かを持っている。ただ、灰色がかった薄緑色の瞳は、人を出し抜くことをなんとも思わない冷酷さを秘めているようで、おいそれと信じてはいけない危うさも感じられる。

「――あんた」

ニューサム伯爵が、目を見開いて相手を見つめる。その身体が小刻みに震えるのは、恐怖のせいだけではない。

男の存在を認識したとたん、部屋の温度が一気に下がったのだ。

ニューサム伯爵は、震える声で言った。

「私は、呼んだ覚えはないぞ」

「そうだな。――だが、そろそろ、私の取り分をもらう頃だと思ってね」

そう告げた男が手をあげたとたん、まるで強力な磁石に引っぱられでもしたかのように万華鏡が、宙を飛んで男のほうに飛んでいった。

まさに、手品か、でなければ本物の超能力のようだ。

万華鏡を手に取った男が、一目眺めただけで興味を失ったように首を振り、「やはり、そうか」と残念そうに呟いた。

「どうやら、誰かがこの錠を開けてしまったようだな」

とたん、ベッドの上で飛びあがって驚いたニューサム伯爵が、必死に弁明する。

「そんなはずはない。いまだかつて、それを開けられた人間はいないんだ。絶対にあんたの思い違いだ。だから、とっとと、それを持って消えてくれ！」

だが、品のよさそうな顔に不気味な笑みを浮かべた男は、「悪いが」と首をゆるゆると振って言い返した。

「そうはいかない。契約は契約なのでね。お前の欲望を満たす代わりに、私は、この中に取り込まれる魂を手に入れるはずだった。だが、天界との約定により残さなければならない逃げ道によって、万が一、その魂が救済されてしまった場合は、お前の薄汚い魂を持って帰ることになっていたはずだ」

「わかっている。もちろん、わかっているとも」

ニューサム伯爵は、相手をなだめるように言いながら、ベッドの上で後ずさる。

「だから、その万華鏡を持って帰ればいいだろう。きっと、まだ魂の一つや二つ、残っているはずだ」

「いいや」

はっきりと否定した相手が、徐々に部屋の中に黒い影を伸ばしながら、血も凍りつくような恐怖心を相手の中に植えつけ、宣言した。

「ということで、お前は終わりだ。強欲な男よ。未来永劫、魂が救われることなく、暗き魔界の僕へと成り下がるのだ――」

言っているうちにも、壁に、天井に、黒いひび割れが広がっていき、やがて闇がすべてを呑み込んだあと、ふたたび明るさを取り戻した部屋の中には、恐怖で顔を歪めたニューサム伯爵の、すべての生気を吸い取られたような壮絶な最期の姿だけが残っていた。

終章

「わかった。ありがとう」

　そう言って電話を切ったシモンがスマートフォンをポケットにしまっていると、横合いから凛と涼やかな声に呼ばれる。

「シモン」

「やあ、ユウリ」

　翌週。

　どうしてもユウリに届けたいものがあり、シモンは、週末、慌ただしいスケジュールの合間を縫ってロンドンへとやってきた。

　滞在時間は、多く見積もっても三時間。

　アフタヌーン・ティーをして帰るのがやっとという短さだ。

　それでも、快諾してくれたユウリとホテルの前で待ち合わせをして、予約していたティールームへと向かう。

席に落ち着いたところで、シモンが言った。

「悪いね、ユウリ。慌ただしい予定に付き合わせて」

「ううん」

応じたユウリが、給仕の手で紅茶が注がれるのを見ながら嬉しそうに言う。

「こんな予定なら、いつでも大歓迎だよ」

「そう。ならよかった」

ホッとしたシモンが、給仕が去ったところで、ポケットから取り出した包みをユウリの前に差し出して言う。

「実は、これを君に渡したかったんだ」

「え？」

意外だったユウリが、受け取りながら言う。

「こんな時期にプレゼント？」

「うん。――といっても、僕ではなく双子からだけど」

そこで、早速包みを解き始めていたユウリが、「あ、もしかして」と推測する。

「クリスマス・プレゼントの代わり？」

「まあ、そういうことになるかな」

マリエンヌとシャルロットが贈ったプレゼントは、盗品の返却ということでユウリの手を離れてしまったため、新たにプレゼントを選び直したらしい。

「そんな、わざわざよかったのに」

言いながらも嬉しそうなユウリは、包装紙の下から出てきた木箱をそっと開けた。

中には、くすんだ金色の地にアルファベットが模様としてランダムに刻印された細身の筒が収まっていて、先端にはオブジェクト・ケースらしきものがついている。

「あ、万華鏡(カレイドスコープ)だ」

取り上げたユウリは、早速覗(のぞ)き窓(まど)から中を覗き、「うわっ」と感動の声をあげた。

「すごい！　きれいだ！」

今回の万華鏡(まんげきょう)は、オブジェクト・ケースの中にオイルの入ったタイプであるらしく、色とりどりの欠片(かけら)が緩やかな動きできらびやかに輝いて目に映った。

「シモン、これ、本当にきれいだよ」

ユウリが目を離さずに言ったので、紅茶を口にしたシモンが小さく笑って応じる。

「喜んでもらえてよかった。ちなみに、今回は、きちんとした店で、しかもオーダーメイドで作らせたものだから、安心していいよ」

そこで、ようやく万華鏡から目を離したユウリが、「そういえば」と声を落として報告する。

「ニューサム伯爵が亡くなられたって、知っている？」

「ああ、うん。報告は受けたよ」

フランスにいながらイギリスの情報にも通じている友人に、ユウリが「それなら」と問いかける。

「ずっと気になっていたんだけど、伯爵が亡くなられたのって、アシュレイが万華鏡を届ける前かな、あとかな?」

シモンが、「さあ」と首を傾げて応じた。

「それは、さすがに知らないけど、別にどっちだって関係ないと思うよ。あの件は、終わったんだ。——ほら、言葉はえらく悪かったけど、アシュレイも、伯爵を表現するのに言っていたじゃないか。——『死にぞこない』って。つまり、ニューサム伯爵が亡くなるのは、時間の問題だったってことさ」

「まあ、そうか。……そうだよね」

ユウリも、あまり気にしてもしかたないと割り切って、紅茶のカップに手を伸ばす。

ただ、ユウリにはそう言ったものの、シモンには、あの件で一つ気になっていることがあった。

あのあと、「パヴォーネ・アンジェレッティ」に連絡を取り、シモンが調べた限り、現在の所有者はアンジェレッティではなくニューサム伯爵であることを説明したうえで、万華鏡は、正当な持ち主であるニューサム伯爵に返すことにした旨を伝えると、彼は「そうですか」とあっさり受け、「では、あとの交渉は彼としましょう」とだけ言って、電話を切ったのだ。

　その際、話の食い違いについての弁明もなければ、説明もしてはくれなかった。そのあまりの淡白さに、とっさに身震いを覚えたほどである。

　彼は、いったい何者であったのか。

　あの時のアシュレイの様子からすると、彼には、どうやら見当がついているようであったが、正直、謎(なぞ)である。

「パヴォーネ」が「孔雀(くじゃく)」で、あの暗号錠を解くキーワードも「孔雀」であったことを思えば、もしかしたら、彼こそが、本来の持ち主であった可能性も高い。だが、あの時点で盗難の被害にあっていたのはニューサム伯爵で間違いなく、だとしたら、考えられることは、ただ一つ。

　そもそものこととして、ニューサム伯爵にあの万華鏡を渡したのが、他でもない「パヴォーネ・アンジェレッティ」であったということだ。そして、そこから導かれる結論として、「パヴォーネ・アンジェレッティ」こそが、かつて、ニューサム伯爵が召喚した悪魔ということになりはしないか――。

　だとしたら、作り話で人を惑わすことなど、お手のものだろう。

「……孔雀ね」

悩ましげに呟いたシモンを見て、ユウリが首を傾げて訊く。

「どうかした、シモン？」

「いや、ごめん。ちょっと考え事をしていた」

そこで、気分を変えるように万華鏡を顎で指し、シモンが新たな情報を付け足す。

「そういえば、その万華鏡、まわりに散らしたアルファベットの中に、マリエンヌとシャルロットが、君や僕や彼女たちの名前を潜ませたらしいから、ヒマな時に探してみるといいよ」

「へえ」

目を輝かせてふたたび万華鏡を手に取ったユウリが、それをクルクルとまわしながら胴体部分に彫り込まれた文字列を追う。

その姿を澄んだ水色の瞳で眺めていたシモンが、「ああ、そうそう」とふと思いついたように声をあげた。

「危うく言うのを忘れるところだったけど、ユウリは、例の万華鏡の出品者の妹さんのことを覚えているかい？」

「行方不明になったっていう？」

「うん」

「覚えているけど、それがどうかした？」

「いや、ついさっき連絡があって、無事に戻ってきたそうだよ」

「え、本当に？」

嬉しい驚きに、万華鏡から目を離したユウリがパッと柔らかな笑顔を見せる。

「よかったね」

「これも、ユウリのおかげだよ。——というのも、話によると、妹さんは、消えた時のままの服装で庭先に現われたそうなんだ。しかも、本人にどこかに消えていたという自覚はほとんどなくて、まるで民間伝承なんかで目にする妖精の国に足を踏み入れてしまった人のようだったというから、やはり、一旦は万華鏡に囚われたものの、ユウリの手で解放されて戻ることができたんだろう」

シモンの説明に頷いていたユウリが、話が途切れたところで「別に」と言う。

「僕は何もしていないし、それで言うなら、今回は完全にアシュレイのおかげと言える気がする」

相変わらず謙虚な友人に、「まあ、そうかもしれないけど」と応じたシモンが、片手を翻して主張する。

「ただ、そうであったとしても、あの人は手柄を天秤に乗せて、その価値に見合う報酬を勝手に要求するだろうから、僕たちが気にしてやる必要はないよ」

もっともな意見に対し小さく苦笑したユウリが、「なんであれ」と万華鏡に目を戻しながら続ける。

「本当によかった」

「そうだね」

そんな二人のいるティールームには、冬の柔らかな陽射し（ひざ）の中、ゆったりと温かな時間が流れていた。

お祝いまんが　かわい千草
大変！マリエンヌ篠原先生のご本が50冊目だそうよ！
まんがきょう
ロワール
はわわ
ええ
まぁ 本当!? シャルロット
きゃー
それは大変！お祝いをしなきゃ!!
ねぇお兄さまっ!!
え…
パーティよ！今までにない特別なものよ！
バルーンや花もたくさん飾って！
きゃい
ジャグリングもいいわ！きっとみんなが楽しめる
ピエロなんてどうかしら？
だったらポニーが見たいわ！サーカスみたいな！
着飾った！
サーカス！ステキ!!
きゃい
また誰かに迷惑かけるような事考えてるんじゃないだろうね
主にユウリとかに……
んもーやだ大丈夫よ！シツレイねっ!!
あっち行ってて。
まあユウリに迷惑かからなければ
いいか……
一応メールしとこう……
お兄さまあぁ!!!
ゾウが必要なの！ユウリの為に綺麗に飾ったゾウが必要なの！
買ってぇええ
ユウリのためーにー…
は!? 何でっ？
だだだだ

ちま.
何でゾウ……?
ロンドン
50冊目の記念パーティできらびやかに飾ったゾウに僕が乗ってパレードして欲しかったんだって
それはちょっと……
さすが双子……
思考が読めない……
けど
折角色々考えてくれたみたいだし
大切なお祝いだもの
パーティは開かなきゃね
通算50冊オメデトウゴザイマス!!!
目差せ100冊!!!
かわい千草
それよりまた入れ替わってるだろう? お前たち
まっ! お兄さまったらそれ言っちゃう?
つまんない! ホントつまんないわ
お兄さまってだまされたフリくらいしてほしいワ!

あとがき

書くことがたくさんあるので、のっけからご挨拶です。

こんにちは、篠原美季です。

『万華鏡位相～Devil's Scope～　欧州妖異譚15』をお届けしました。タイトルからもわかる通り、テーマは万華鏡で、美しくファンタスティックな物語になったのではないかと思います。

もともと、ある方に頂いた万華鏡がこれまで見たことがないくらいきれいで、すっかり虜になってしまったことがきっかけで出来たお話なのですが、取りかかってすぐ、案外万華鏡のことを書いた資料が無いということを知って驚きました。だからというわけではありませんが、仕上がるまでに結構苦労させられたので、こうしてなんとか形になってよかったです。

しかも、大変だった割に出来上がってみたらみたで、記念すべきシリーズ十五作目にしてX文庫での五十作目ということを寿ぐために、それぞれの数字を本編にちりばめてしまうという凝りようです。これから本編を読む方は、頭の隅にそのことを置いて読んでくださるとちょっとだけ楽しさが増すかもしれませんし、すでに読んだよという方にとっては……、言わずもがな、ですね（笑）。

ただ、実を言うと、表象はそれだけにとどまらず、それぞれの数字にあるものをプラスしたそれが、俯瞰で見た際、シリーズそのものを象徴するなにかに置き換えることができるという仕掛けになっています。これはなかなか難しいかもしれませんが、篠原流の見立て魔術に通じている方であれば、絶対に置換が見えてくると思います。

残念ながら、これ以上はネタバレの危険があるので書けませんが、覚えていたら、次回作のあとがきで少し触れようと思います。……な～んて、最近の記憶力の減退傾向からして、たぶん、忘れると思いますが。

そんな作品を刊行するにあたり、幾つか特筆すべきことがあります。

まず、なんといっても、本作のイラストを手がけてくださっているかわい千草先生による描き下ろしショート漫画が収録されていることでしょう。これは、「英国妖異譚」シリーズから通しても初の試みで、以前から、ユウリやシモンたちを漫画で読みたいとおっしゃってくださっていた方などは、まさに必見です♪

それと、前回のあとがきでも予告した通り、横浜でサイン会を開催することになったので、お時間のある方はぜひぜひ足をお運びください。

そして、これを機に横浜観光をなさろうという方にプチ情報です。

横浜の観光名所の一つである山手（やまて）の洋館の一つ、黄色い壁が特徴的なベーリック・ホールは、「妖異譚」シリーズの原点と言える建物です。以前は、「セント・ジョセフ」という男子校（途中から共学になりましたが）のインターナショナルスクールの寄宿舎として使われていたため、外観も、今のように開放的ではなく、高い塀（へい）と鬱蒼（うっそう）と生い茂る木々に阻（はば）まれて、建物が容易には見えない造りになっていたんです。

私は、すぐ近くの女子校に六年間通っていたため、毎登下校でそばを通るたび、異国情緒あふれる禁断の園に想像力をかきたてられていました。

現在、建物は結婚式に使われるなどイベントスペースになっていますが、内部の造りはほとんど変わっていないようで、二階に、当時の寄宿舎内の様子を写した写真が展示されていて、結構「うふふ」という感じです♪

ちなみに、お隣のエリスマン邸の喫茶室の「生プリン」は、名物だそうですよ。

ついでにもう一つ。

元町（もとまち）・中華街（ちゅうかがい）駅から徒歩で十五分くらいのところにある大（おお）さん橋（ばし）は、個人的におススメの観光スポットです。桟橋以外なにもありませんが、広々とした海と空の下にいる解放感がたまりません。天気が良かったら、立ち寄ってみてください。

横浜駅からなら、ＪＲ根岸（ねぎし）線で石川町（いしかわちょう）駅に出て洋館を幾つか巡ったあと、外国人墓地を横目に港の見える丘公園に行き、そこからの景色を眺めたあとフランス山を下りて、途中の歩道橋を渡り人形の家の前を経由して山下(やました)公園に入り、さらに山下公園を縦断(じゅうだん)して、その先の遊歩道を通って大さん橋、また遊歩道に戻って赤レンガ倉庫に帰ってくるのがモデルコースとしていいかもしれませんが、正直、一日がかりです。つまり、サイン会にいらしてくださった場合、絶対に回り切れないということで、ただの観光案内でした(笑)。

まあ、サイン会のあとなら、やはりみなとみらいをぶらぶらするのがいいかもしれません。ベーリック・ホールをチェックなさりたければ、横浜駅からみなとみらい線で元町・中華街駅に出て(元町方面の改札を出ましょう)、歩いて見てきたあと、元町か中華街、あるいはみなとみらいに戻って夕食を食べるのが、時間的にちょうどいいと思います。

ということで、最後になりましたが、今回は華麗なるイラストに加え、ショート漫画まで描いてくださったかわい千草先生、また、この本を手に取ってくださったすべての方々に心より御礼申し上げます。

では、次回作でお会いできることを祈って――。

如月(きさらぎ)のなんということのない早朝に

篠原美季　拝

『万華鏡位相～Devil's Scope～　欧州妖異譚15』、いかがでしたか？
篠原美季先生、イラストのかわい千草先生への、みなさまのお便りをお待ちしております。

篠原美季先生のファンレターのあて先
〒112-8001　東京都文京区音羽2-12-21　講談社　文芸第三出版部「篠原美季先生」係
かわい千草先生のファンレターのあて先
〒112-8001　東京都文京区音羽2-12-21　講談社　文芸第三出版部「かわい千草先生」係

N.D.C.913　252p　15cm

篠原美季（しのはら・みき）
4月9日生まれ、B型。横浜市在住。
「健全な精神は健全な肉体に宿る」と信じ、
せっせとスポーツジムに通っている。
また、翻訳家の柴田元幸（しばたもとゆき）氏に心酔中。

講談社X文庫

万華鏡位相（まんげきょういそう）～Devil's Scope（デヴィルズスコープ）～　欧州妖異譚（おうしゅうよういたん）15

篠原美季（しのはらみき）

●

2017年3月2日　第1刷発行

定価はカバーに表示してあります。

発行者――鈴木　哲
発行所――株式会社　講談社
東京都文京区音羽2-12-21 〒112-8001
電話　編集　03-5395-3507
販売　03-5395-5817
業務　03-5395-3615
本文印刷－豊国印刷株式会社
製本――株式会社国宝社
カバー印刷－信毎書籍印刷株式会社
本文データ制作－講談社デジタル製作
デザイン－山口　馨

ISBN978-4-06-286940-9